# Steinskygge

## En Beskyttende Gargoyle-Romanse

Demelza Carlton



Lost Plot Press

Dette er et skjønnlitterært verk. Navn, personer, bedrifter, steder, hendelser og begivenheter er enten produkter av forfatterens fantasi eller brukt på en fiktiv måte. Enhver likhet med faktiske personer, levende eller døde, eller faktiske hendelser er rent tilfeldig.



Lost Plot Press

# En

"Woo woo! Woo woo woo!" sang Callie og Tacey i baksetet på bilen, for fulle til å huske resten av ordene i Rolling Stones-sangen de hadde insistert på å høre på hele veien hjem.

Octavia bare ristet på hodet. Fra stillheten i en gruveleir til å påkalle demoner og deretter kjøre den fulle familien hjem ... livet hennes var galere enn hun noen gang hadde trodd det kunne være da hun bodde hjemme hos foreldrene sine. Og hun ville ikke ha byttet det bort for alt i verden - ikke engang å høre på Callie og Taceys falsksang. Hun hadde savnet jentene mens hun var nordpå.

Men hvordan de hadde kommet på ideen om å prøve å påkalle demoner på en kirkegård av alle steder, hadde Octavia ingen anelse om. Hun hadde tydeligvis vært borte for lenge hvis de planla slike sprø ting.

Ikke at noen av dem faktisk trodde at de kunne påkalle en demon. Selv Callie, med sitt bibliotek av gamle trolldomsbøker, trodde ikke på magi, noe hun fortalte alle som ville høre på henne, flere ganger om dagen.

Og det var bra. Hvis de hadde påkalt en demon og den hadde hørt denne sangen, ville den stakkars jævelen sannsynligvis ha flyktet rett tilbake til helvete og holdt seg for ørene mens den gikk.

Hun måtte le. Heldigvis for Callie og Tacey hadde de begge andre talenter som gjorde at de ikke trengte å leve av sine musikalske evner. Ikke at Octavia var så mye bedre, men det var ikke hun som sang lungene ut av vinduet på motorveien.

"Kan du lukke vinduene? Det er kaldt," sa Octavia.

Hun måtte gjenta forespørselen et par ganger før noen av jentene hørte henne, før de begynte å fomle med opptrekksmekanismen.

I neste bil skulle hun få elektriske vinduer i baksetet.

Da hun fikk råd til en ny bil...

Octavia sukket. Vel, det ville ikke bli denne uken. Dessuten kjørte denne fortsatt greit. Den hadde fått dem til kirkegården, og den ville få dem hjem.

I bakspeilet skimtet hun et øyeblikk en bevinget skygge som fløy bak dem, før den forsvant. Stor fugl til å være ute om natten. Hun var ikke sikker på hvor stort vingespenn en ugle hadde, men den der så stor nok ut til å ta en ørn med kilehale.

Eller kanskje det hadde vært en svane eller noe, som hadde glidd ned til elven for å sove.

Tacey hadde funnet en annen sang å synge, og Octavia kunne faktisk teksten til denne, så hun ble med dem en stund. Hvorfor ikke, for pokker? Det var tross alt jentekveld, og de hadde ikke vært ute på lenge, takket være denne fordømte pandemien.

Synd at det ikke fantes antivirusprogrammer for menneskevirus på samme måte som for datamaskiner. Hvis det fantes, ville hun ha truffet dette viruset så hardt at folk allerede ville ha glemt at det noensinne hadde eksistert.

Men i kveld, sammen med jentene, kunne hun glemme. Ingen konstant testing som på gruveområdet eller på flyplassen. Hun var hjemme nå, og tiden hennes var hennes egen. Eller, i dette tilfellet, Taceys og Callies, og hun unnet dem ikke et minutt av den.

Hun humpet ned oppkjørselen og tok svingene sakte, for det var noen uker siden hun hadde kjørt dem i mørket. Så snublet jentene ut av bilen, og de ville sannsynligvis ha endt opp med å sove på verandaen hvis hun ikke hadde vært der og låst opp døren for dem.

"Du er den beste søsteren noensinne. Jeg vet ikke hva jeg skulle gjort uten deg," slurvet Tacey og plantet et stort, klaskende kyss på hvert av kinnene til Octavia før hun snublet til sengs.

Octavia ristet bare på hodet. Tacey ville klare seg helt fint uten henne - det gjorde hun alltid. Som alenemor, kaféeier og ubestridt leder av deres lille husholdning var det ingenting Tacey ikke kunne gjøre. Hvis Octavia ikke hadde vært hjemme, ville Tacey ha vært sjåføren, og hun ville sannsynligvis ha gjort en enda bedre jobb. Det var bare... Tacey. Og Octavia var heldig som hadde henne.

Hadde det ikke vært for Tacey, ville Octavia kanskje fortsatt bodd hjemme, omgitt av alle foreldrenes regler, i stedet for å være fri til å leve livet sitt som en ansvarlig voksen. Vel, halvansvarlig. Hun var tross alt bare ansvarlig for seg selv, og ingen la merke til om hun var oppe hele natten og spiste sjokolade til frokost. Bortsett fra Rory, Taceys datter, som skulle overnatte hos besteforeldrene sine i kveld, ellers ville Tacey aldri ha rørt vodkaen.

Callies dør smalt igjen, og Octavia hørte knirkingen av Tacey som klatret opp i sengen. Hun hadde gjort sitt og fått dem trygt hjem.

Nå kunne hun kanskje snike seg ut og få gjort litt arbeid.

# To

Om det ikke var ille nok å dø på grunn av en av brorens idiotiske planer, var det verre å våkne opp på en forbannet kirkegård. Nei, å våkne opp sammen med broren og de to dumme fetterne hans, som hadde gått med på planen i utgangspunktet. Ikke for første gang ønsket Harlow at han hadde blitt i Skottland.

Men her hadde han i det minste sin egen gård. Eller det ville han ha hatt, hvis ikke brorens dumhet hadde kostet ham det også.

*Hjelp* meg.

Han pilte mot samtalen, akkurat som han hadde løpt mot Grant da idioten fikk seg selv skutt, bare for å innse at det ikke var Grants stemme denne gangen, men en kvinnestemme.

Var det ikke en kvinne som var grunnen til at de hadde havnet i dette rotet?

Og de andre så ut til å være klare til å slåss om henne som dyr.

Harlow pustet ut mellom tennene. Det var mer enn én stemme som ropte om hjelp, derfor var det mer enn én kvinne. Fire kvinner, og fire av dem.

Han måtte selvsagt være den eneste fornuftens stemme denne gangen også. Stan hadde allerede tatt jenta ved hans føtter, så det var tre igjen. Den rødhårede gikk til Wystan, til minne om kona han hadde mistet. Heksen som hadde tilkalt dem, hennes kall var det tydeligste av dem alle, og hun skapte sannsynligvis mer trøbbel enn de andre til sammen, og det var Grants ansvar. Dermed måtte han hjelpe den som kjørte den lille, hesteløse vognen som to av jentene hadde stuet seg sammen i. Et merkelig transportmiddel i hans øyne, selv om veiene var fulle av lignende.

Hvor lang tid hadde det gått før togene hadde tatt over for hester og vogner? Disse så veldig annerledes ut enn lokomotivet han en gang hadde sett i Glasgow. Ingen røyk, til å begynne med. Og hvis en liten jente kunne kjøre et...

Da de andre så ut til å ville følge etter kvinnene inn i huset, stoppet Harlow dem. "Gargoyler hører hjemme på taket, ikke inne i en dames soverom!" snerret han.

Wystan hadde landet ved siden av ham, og skjønte at det var klokt å holde avstand.

Grant bare smilte og sa: "Gjør som du vil. Jeg skal svare på min dames kall, uansett hva hun ber meg om," før han forsvant inn i huset.

Harlow ventet og ventet, men dåren kom ikke tilbake. Sannsynligvis hadde heksen kastet en slags forbannelse over ham. En forbannelse han utvilsomt fortjente.

Harlow vurderte å gå inn i huset for å redde ham, slik han hadde gjort tusen ganger før. Grant havnet i trøbbel, og Harlow fikk ham alltid ut av det igjen.

Ikke denne gangen. Etter å ha fått seg selv og Harlow drept, var Grant alene. Han kunne redde seg selv, hvis han var i stand til det.

"Skal du ikke gå etter ham?" spurte Wystan, som om han leste Harlows tanker.

Harlow kunne aldri være sikker på hvor mye Wystan oppfattet. Halvparten av tiden så det ut til at han fortsatt sørget over sin kone, men av og til … av og til virket han som den sindige mannen Harlow en gang hadde kjent, før kjærligheten hadde forvrengt hjernen hans.

Harlow trakk pusten dypt inn. Han hadde lovet foreldrene sine å passe på Grant, spesielt i dette farlige landet i Vest-Australia, så langt hjemmefra. Men foreldrene hans var døde for lenge siden. Han og Grant hadde vært døde lenge, og de var bare blitt vekket til live igjen av heksens trolldom. Døden opphevet alle eder, selv løfter man avla på dødsleiet. Han var fri fra løftene sine. Fri til å følge jenta i den hesteløse vognen da hun kjørte den bort fra huset, inn i mørket.

Harlow bredte ut vingene sine. "Nei. Jeg må beskytte henne. En kvinne som kjører i mørket, kan bli utsatt for alle slags farer." Et vingeslag, så et til, og han svevde av gårde etter henne.

# Tre

Alt i atelieret over kafeen så akkurat ut som hun hadde forlatt det før Octavia satte kursen nordover. Vel, nesten nøyaktig. Sengetøyet så nyvasket ut, og Rochelle hadde redd opp sengen mye penere enn Octavia noen gang hadde gjort. Alle kaffekoppene som pleide å stå på skrivebordet, var også borte, og ringene var tørket bort. Det var en glede å jobbe over en kafé som var eid av søsteren - hun hadde ubegrenset tilgang på god kaffe, selv midt på natten, og en skikkelig espressomaskin til å lage den med, når hun ville.

Alt var bedre enn det hun hadde måttet tåle i gruvebyen.

Med stor omhu, for det var flere uker siden sist hun hadde laget en ordentlig kaffe, brygget Octavia seg en mokka og bar den opp i andre etasje. Datamaskinen var ferdig oppdatert, så hun klikket opp 3D-renderingsprogrammet og så hvor langt hun hadde kommet med piloten. Ikke dårlig, faktisk. Menneskene så realistiske nok ut, men vegetasjonen kunne trenge litt arbeid. Og belysningen ... den var ikke helt riktig. I 1829 hadde de hatt sollys og ildlys. Det var alt. Det måtte se ekte ut, slik at når du tok på deg headsettet og gikk inn i verden, var det som om du sto i Swan River Colony, i stedet for en simulering. Ingenting mindre var godt nok. Dette handlet om familiens historie, kvinnene som hadde kjempet mot alle odds for å overleve og oppdra barn som skulle bli hennes forfedre. Etterlot seg en arv som Tacey ville gjøre.

Octavia trakk pusten dypt og tenkte på alle kvinnene som hadde kommet før henne, hvis historier ikke hadde blitt fortalt av mennene som hadde satt navnene deres på veier og monumenter, havner og historiebøker, som var de virkelige heltene fra den tiden. Så sendte hun et kall til universet om å hjelpe henne med å bringe historiene deres frem i lyset.

# FIRE

Annethvert annet godt opplyst skilt forkynte at dette var Fremantle, men byen med telt og ombygde hestebokser hadde kommet langt fra det stedet Harlow husket. Round House på Arthur Head hadde vært vitne til det hele, for det sto der fremdeles og lignet mer på et fort enn det fengselet det en gang hadde vært. Til og med bordellene i Bannister Street var borte, selv om tavernaene sto igjen. De var ikke lenger telt, men hadde fått murer og var blitt staselige hoteller med balkonger langs South Terrace. Denne skinnende byen ville gjøre sotflekkede Glasgow til skamme.

Harlow var fornøyd med å beundre stedet fra sitt tårn på taket av bygningen som hans datter hadde gått inn i. Da hun hadde forlatt bilen og våget å gå alene i den mørke gaten, hadde han vært bekymret for henne, men hun hadde nådd bygningen uten uhell og låst døren bak seg, før hun gikk opp trappene til den lille leiligheten han hadde skimtet over butikken.

Lysene i leiligheten hennes var like sterke som lysene utenfor, og de avgav mindre røyk enn selv den fineste hvalolje. Dette var en bemerkelsesverdig tid å leve i.

*Hjelp meg.*

Uten de andre jentenes stemmer til å overdøve henne, hørte han ropet hennes tydelig. En fyldig, hes stemme som han ikke hadde forventet fra en som så så ung ut. Han hadde heller ikke forventet hennes kommanderende tonefall - som om hun forventet at han skulle svare.

Han beveget seg fra taket og over til henne, før han i det hele tatt hadde tenkt på å svare, så sterk var hennes tiltrekningskraft.

Hadde han tatt feil da han sendte Grant etter heksen, når denne kvinnen virket enda mektigere?

Harlow lukket øynene. Han skulle bare oppføre seg respektfullt for ikke å vekke hennes vrede, så ville alt gå bra. Han ville svare på tilropet hennes, utføre den oppgaven hun ba om, og så ville han være oppe på taket og beundre utsikten igjen i løpet av kort tid.

Harlow gikk ut av veggen og falt på kne som om hun var dronningen.

Hun sa ikke et ord.

Han våget å kaste et blikk opp. Hun sto med ryggen til ham, med blikket festet på en slags glødende tavle foran seg. Harlow kikket på den. Ved alt som var hellig - det var som om hun hadde lest tankene hans. På tavlen var det et nesten perfekt bilde av Fremantle slik han husket det, helt ned til brakkvannssumpen der denne bygningen nå sto.

Han hostet og bøyde hodet da hun begynte å snu seg rundt.

"Harlow Steel, til tjeneste, frue", sa han.

Et skarpt innpust. "Hvordan kom du deg inn hit?"

"Jeg ankom med seilskipet *Hooghly*, under kommando av kaptein Peter Reeves, selv om vi nesten havarerte på klippene utenfor havnen. Men det er uvesentlig. Jeg er her for å stå til tjeneste. Du ba om hjelp, og jeg er her for å svare på ditt kall." Han våget å løfte hodet og oppdaget hennes nysgjerrige blikk.

Det var ikke et snev av frykt i uttrykket hennes. "Er du Rochelle og Taceys møllmann? Jeg må innrømme at du ser mer ut som en gargoyle enn en gigantisk møll for meg. Horn i stedet for antenner, og de steinharde, skulpturelle musklene. Jeg trodde møll var mer... myke. Uansett hva du er, så er de vingene fantastiske, for ikke å snakke om helkroppssminken. Alt ser ekte ut."

"Jeg er virkelig virkelig, og til tjeneste. Hva er Deres ønske, frue?"

"Det er Octavia, ikke noens dame, og jeg er redd jeg ikke trenger sminke med spesialeffekter, selv ikke like god som din akkurat nå. Det jeg trenger, er en ekspert på tidlig kolonitids byggeskikk og jordbruksmetoder i Fremantle på 1820- og 30-tallet."

Harlow kunne ikke skjule smilet sitt. "Da står jeg virkelig til tjeneste, lady Octavia. Hvis jeg får være så frimodig, så har du malt et bemerkelsesverdig bilde av Swan River Settlement der." Han reiste seg opp. "Får jeg komme nærmere for å beundre maleriet?"

Hun rynket pannen. "Å, maleriene ble malt av Mary Ann Friend og Jane Eliza Currie. Henholdsvis 1830 og 1831, som det fremgår av - "

"Det runde huset på Arthur Head og den voldsomme utbredelsen av kalksteinsbygg, blant annet", avsluttet Harlow for henne. "I 1830 fantes det bare en håndfull hytter og hestebokser i lerretsbyen."

"Ja." Hun stirret undrende på ham. "Hvorfor har jeg aldri sett deg på universitetet? Arkeologiavdelingen er ikke så stor ..."

Ikke bare en dame, men en lærd dame, og en nydelig en attpåtil. En kvinne som fortjener beskyttelse.

"Jeg er ingen lærd, lady Octavia. Jeg kan bare min historie."

"Sett deg ned, da. Jeg ville sette pris på din mening."

Harlow våget knapt å tro på lykken, og sverget på at han skulle tjene lady Octavia så lenge hun ville ha ham, til tross for Grant og resten av idiotene.

# Fem

"Fremantle er interessant, men det jeg virkelig skulle ønske jeg visste mer om, er Clarence Town, stedet der Thomas Peels gruppebosettingsplan gikk i land og bodde til han fikk tildelt land som erstatning for den opprinnelige landbevilgningen sin. Det finnes mange malerier og skisser av Fremantle, men Clarence Town ... det finnes et par skriftlige beretninger, vanligvis fra utenforstående som ikke bodde der, noen historiebøker som plasserer det ved Woodman Point, noe som definitivt er feil, og så er det de arkeologiske undersøkelsesrapportene. Disse rapportene støtter noen av beretningene - som brannene og hvor bygningene lå - men det er så lite igjen, fordi folk bodde der så kort tid. Bare et år eller så, før de alle spredte seg. Fremantle derimot bare vokste og vokste, helt til det ble ... ja, dette." Octavia viftet med hånden i luften.

"Vel, det første du må vite er at det bare var Thomas Peel og utenforstående fra guvernørens kontor som kalte det Clarence Town. Passasjerene som seilte med *Hooghly* kalte stedet Hooghly Town, for det fantes ikke engang en kilde med ferskvann der før den andre offiseren på skipet snublet over en kilde. Og noen ganger virket det som om det egentlig var to byer, for Hooghly-passasjerene holdt seg atskilt fra Gilmore-folket, selv om de delte både kirkegård og taverna. Og Peel holdt seg på stranden ved siden av lagerhuset sitt, adskilt fra alle andre."

Han hadde definitivt gjort sin research. Kanskje til og med mer enn henne.

"Det er akkurat det jeg vil vite mer om. Jeg mener, min mange ganger tippoldemor ankom med broren sin på *HMS Sulphur* i 1829. Fem år senere giftet hun seg med en mann som står oppført som ankommet med *Hooghly*, selv om han ikke står på passasjerlisten. Kanskje han var mannskap, eller en de plukket opp i en av havnene underveis ... men det er livet hans som er mysteriet, i hvert fall frem til han giftet seg med Carline", sier Octavia.

Innbilte hun seg det, eller reagerte han på at hun nevnte navnet til sin mange ganger tippoldemor? Nei, hun må ha innbilt seg det. Ingen utenfor familien visste særlig mye om Carline. Hun hadde ikke stått i noen av historiebøkene, i motsetning til broren, selv om det fantes en rekke familielegender om henne. Om hvordan hun hadde vært en glimrende skytter med rifle, og hvordan hun hadde sittet på trappen til Bell Cottage med favorittriflen i fanget for å hilse på besøkende. Og kattene. Bell Cottage hadde alltid hatt de beste musene i hele Swan River-kolonien, som alle nedstammet fra Salis, skipskatten hun hadde adoptert. Katten som bodde i Bell House, som ingen noen gang hadde matet, men som likevel ga dem rotte- og slangekadaver hver kveld, måtte være en av Salis' etterkommere. Den katten var en musemordermaskin.

Harlow stirret på henne med hevede øyenbryn, som om han forventet et svar på et spørsmål hun ikke hadde hørt.

Hun ristet på hodet. "Unnskyld, hva var det du sa?"

"Har du sett Clarence Town?" spurte Harlow.

"En gang," innrømmet hun. "Jeg kjørte ned dit for å se om jeg kunne visualisere noe av det som sto i de arkeologiske rapportene. Men det er bare buskas. Jeg klarte ikke engang å finne alle sporene, og så begynte det å regne, så jeg kjørte hjem." For når uværsskyene kom inn over havet, var det ingenting som kunne hindre regnet i å pøse inn sidelengs på det ensomme, ubeskyttede stedet.

"Vi kan dra dit nå, hvis du vil. Jeg kan vise deg det jeg vet om stedet, slik at du får et bedre inntrykk av hvordan leiren så ut," sa han ivrig.

En fornuftig jente ville nektet og gått hjem og lagt seg. Det var tross alt nesten daggry, og hun hadde snakket med Harlow halve natten. Mamma ville bli forferdet hvis hun fikk vite at hun hadde snakket med en mann, alene, her oppe mens kafeen var stengt. Hvis mamma fant ut at hun hadde gått ut i bushen med den samme fremmede mannen som hun hadde møtt midt på natten ...

Octavia smilte. "Ja visst, hvorfor ikke? Det er ikke daggry ennå." Hun kastet et blikk på ham. Ikke at kostymet ikke var sexy som bare det, men ... "Vil du ikke skifte til noe litt mer praktisk? Jeg mener, å gå i bushen om vinteren vil ikke være snilt mot kostymet ditt."

"Jeg har ikke tatt med noen andre klær," sa Harlow.

Selvsagt hadde han ikke det. Folk ville se møllmannen, ikke en mann i vanlige sivile klær.

Octavia sukket. "Ikke si det til Tacey, men jeg har tatt et par bilder her oppe med mannlige modeller, og jeg har sikkert fortsatt noen av antrekkene vi brukte til den veldedighetskalenderen ..." Hun gravde i esken med rekvisitter. En businessskjorte, en flanellskjorte, en kunstferdig opprevet t-skjorte ... det var mange skjorter som kunne passe ham, men hun hadde ikke tatt seg bryet med å kjøpe mange bukser. Faktisk var det eneste paret bukser en svart treningsbukse med en grå stripe langs siden. Hun kunne ikke engang huske at hun hadde brukt dem under fotograferingen. Å, vent, til den fyren som poserte som bokser, med buksene så langt nede på hoftene at hun hadde måttet teipe dem på plass. Da hun hadde beskåret bildet til kalenderen, var buksene ikke engang med på bildet i den endelige versjonen.

Mens Harlow skiftet på badet i underetasjen, satte hun datamaskinen i gang med å rendere pilotversjonen av verdenen sin. Det ville sannsynligvis ta resten av natten og halve neste dag, men den ville være klar når hun kom tilbake i morgen kveld.

Hun hørte skritt som dundret opp trappen igjen.

Hun hadde ikke trodd at joggebukser kunne se sexy ut på en fyr den gangen, og nå ... vel, Harlow kunne beholde dem. Han så bedre ut enn modellen.

"Jeg er klar", sa han og foldet vingene sammen bak seg.

Hvis det var det han ville ha på seg...

"Da går vi," sa hun.

# SEKS

"Hvor er bilen din?" spurte Octavia da hun låste døren til kafeen.

Det tok Harlow et øyeblikk å innse at hun refererte til en hesteløs vogn. Hun måtte ha vært født som en fin dame, siden hun ikke visste at de fleste menn ikke hadde råd til å holde seg med hest, for ikke å snakke om vogn. Eller var ting annerledes på denne tiden?

Han strakte ut vingene. "Jeg foretrekker å fly." Han kunne nyte utsikten mens han fløy bak bilen hennes, kanskje til og med få et glimt av landskapet før de kom frem, slik at han kunne lede henne til hytta han og de andre hadde delt det første turbulente året på kysten av Det indiske hav. Et år som nå lå nesten hundre år tilbake i tid, hadde han fått vite i samtalen med Octavia, sammen med hennes avsmak for titler, det være seg lady eller bare frøken.

"Men hva ville moren din si hvis hun visste at du tillot en mann du nettopp hadde møtt, å kalle deg ved fornavn?" hadde han sagt.

Bare for å bli møtt av det mest fortryllende, men rampete gliset han noen gang hadde sett. Uten et snev av skyldfølelse hadde hun bare trukket på skuldrene og sagt: "Det er bedre enn å forkorte det. Hvis noen kaller meg noe annet enn de fire fulle stavelsene av Octavia, går hun amok. Mamma tror sikkert at Augustus' søsters ukrenkelighet også gjelder alle kvinner som heter Octavia. Tacey fikk i det minste et kallenavn, om ikke annet fordi jeg ikke kunne si navnet hennes ordentlig da jeg var liten."

Så mange ganger i løpet av samtalen hadde hun sett på ham på samme måte som hun gjorde nå - beregnende og ettertenksom, som om hun veide ordene hans med langt større omhu enn han hadde brukt da han uttalte dem, slik at hun kunne svare på en passende måte.

Denne gangen sa hun: "Du skal ikke fly. Sett deg inn."

Hun hadde måttet hjelpe ham med å feste sikkerhetsbeltet hun insisterte på at han skulle bruke, etter at det hadde hengt seg fast i vingene hans. Hennes dyktige hender på hans nakne hud nølte ikke, og de vek ikke unna. Få kvinner i hans egen tid ville ha vært så dristige, og han måtte innrømme at han likte det.

Han hadde sett henne kjøre fra luften tidligere, men nå som han satt ved siden av henne, ble han igjen slått av hvor mesterlig hun håndterte kjøretøyet. Denne kvinnen hadde ikke behov for hjelp fra noen, og aller minst fra ham, men likevel hadde hun bedt om det to ganger.

Men hvis hun valgte å ha ham ved sin side, holdt hun ham også utenfor de problemene Grant og de andre ville få ham opp i hvis han ble i nærheten av dem. Harlow hadde ikke noe å klage på.

Octavia stoppet bilen på et stort, åpent område som kunne ha vært en kuskegård, hvis det hadde vært noen vogner eller hester å se. Så steg Harlow ut av bilen og så hvor de befant seg. Han fikk pusten i halsen.

Lyden av bølgeskvulpene på stranden nedenfor klippene førte ham to århundrer tilbake i tid. Selv i det svake lyset så han for seg at bygningene mellom ham og stranden var Peels hytte og lagerbygningene hans. Harlow forventet nesten at mannen skulle komme trampende ut og skjelle ham ut for at han hadde skaffet enda en unyttig munn å mette i et samfunn som ikke hadde råd til det.

Men det ville ikke ha vært plass til Octavia i hytta han delte med broren og fetterne sine. Til henne måtte han bygge en hytte med hems og et skikkelig ildsted, under et tak som ikke lekket når det regnet. Et sted med bedre vannforsyning, som ikke var tilgriset av så mange mennesker som bodde for tett. Et sted der kvinner ikke døde i elendighet, for så å bli begravd i dalen mellom sanddynene der han og de andre enslige mennene hadde gravd altfor mange graver for et så lite samfunn.

Med vannet i ryggen beveget Harlow seg instinktivt mot der han visste at stien var, eller hadde vært, den som førte fra Peels hus til hans eget. Krattet hadde vokst opp og tvunget ham til å ta en omvei i stedet for en direkte vei, men han kunne disse åsene når som helst, for han hadde gått der hver dag i et år. Veien åpnet seg, for noen hadde sett seg nødt til å asfaltere den i løpet av de årene som var gått, men de hadde også flyttet den nordover, slik at kirkegården lå på sørsiden av veien i stedet for på nordsiden. Før måtte man ta et sidespor for å komme til kirkegården, skjult slik at de ikke ble minnet på at døden var deres faste følgesvenn i dette farlige nye landet.

Nå skar sporet seg over åskammen bak det, slik at Harlow kunne kikke ned på gravene til dem som var lagt til hvile for så lenge siden. Det var ingen markører igjen som kunne fortelle ham hvem som lå begravd under sanden, men det virket som om det var i går han hadde løftet de kalde, slappe kroppene fra det døde huset til deres siste hvilested. Milde sjeler som ikke hadde hatt den rå styrken som skulle til for å utholde slike forhold ... sammen med modige sjeler som hadde gitt alt de hadde for at familiene deres skulle overleve, bare for å falle før de kunne se den fremtiden de hadde kjøpt for dem.

Harlow gikk ned på kirkegården og falt på kne. Han ville vise sin respekt først, før han våget seg opp bakken til sin egen plass i dette kaoset som hadde oppstått som følge av Peels ulykksalige bosettingsplan.

Etter to hundre år, var det noe mer enn knokler igjen? Et spøkelse, eller kanskje noe som lignet på ham? Harlow senket pannen mot sanden og sendte ut den merkelige gargoyle-sansen som gjorde det mulig for ham å oppsøke farer.

Det var en svak... noe...

Men solen valgte det øyeblikket til å stå opp over åskammen og kjærtegne Harlow med sine nådeløse stråler, og han ble til urokkelig, ufølsom stein.

# Sju

I samme øyeblikk som bilen stanset, stakk Harlow av inn i krattet, og de lange beina og de ubarmhjertige skrittene hans førte ham ut av syne på et øyeblikk, før Octavia engang hadde rukket å ta av seg sikkerhetsbeltet.

Hun ropte at han skulle vente, men det var allerede for sent - han var forsvunnet, og hun var ikke sikker på om han i det hele tatt kunne høre henne.

Hun bannet og satte av gårde nedover stien, i samme retning som han hadde gått. Hun burde jo snart se ham der fremme ...

Hun vurderte å ta frem telefonen og bruke lommelyktfunksjonen, men himmelen var allerede i ferd med å lysne, og når som helst nå ville den stå opp i øst og blende henne.

"Harlow, hvor er du?" ropte hun.

Ikke noe svar.

Hun kom seg helt opp til Mount Brown-utkikkspunktet og ropte med noen minutters mellomrom, men selv fra det høye punktet kunne hun ikke se ham. Han hadde forsvunnet i løse luften.

Hvis han ikke hadde vært et spøkelse hun hadde forestilt seg.

Hun visste ikke om hun skulle le eller gråte ved den tanken.

Han hadde vært så kunnskapsrik om den tidlige kolonien - mer enn noen hun noen gang hadde møtt, bortsett fra noen av akademikerne på universitetet. Hun kunne ikke ha tryllet frem en mer hjelpsom hallusinasjon. Men hvor underbevisstheten hennes hadde fått ideen til hornene og vingene fra, eller musklene ... kanskje det hadde kommet fra demonbesvergelsesritualet på kirkegården sammen med de andre jentene. Ja, det var hennes unnskyldning, og hun holdt fast ved den.

Man visste at det var på tide å legge seg hvis solen var oppe, og den hjelpsomme demonspøkelseshallusinasjonen hadde forsvunnet med daggryet. Kanskje Callies trolldom hadde virket, og de hadde tilkalt noe likevel, selv om det ikke var det de hadde siktet etter. I stedet for en beskytter for Alethea hadde hun fått en bedrevitende historiefan for en kveld.

Var det galt å ønske å ha ham en natt til? Harlow hadde definitivt vært mer sexy enn noen av hennes professorer eller veiledere...

Octavia ristet på hodet og gikk tilbake til bilen. Hun ropte Harlows navn et par ganger, halvhjertet, men han dukket fortsatt ikke opp, så hun satte seg inn i bilen igjen og kjørte hjem.

# ÅTTE

"Eeee!" Rorys overjordiske skrik var altfor høyt til å komme fra en så liten person. "Ikke la den røre meg!"

Tacey hørtes mye mer fornuftig ut. "Det er bare en gresshoppe. Den gjør deg ikke noe."

"Men den kan hoppe på meg!"

"Ok, jeg skal bare hente insektsprayen..."

"Nei! Du kan ikke drepe den! Du må fange insekter og sette dem ut, sa fru K. Det er bedre for miljøet!"

Til å være en seksåring som elsket en serie om en dusørjeger, likte hun virkelig ikke å drepe ting.

"Ok ... så hvis jeg kan få den til å hoppe ned i denne koppen ..."

Tacey var den søteste moren. Deres egen mor ville ha brukt sprayen og spylt liket ned i do nå, men mellom lydene av plastkoppen som traff ulike overflater og Rorys rop: "Ta den! Ta den, mamma! Å, du bommet! Fang den!" hørtes det ut som om de kom til å redde insektets liv enten det ville bli reddet eller ikke. Så lenge katten ikke så det - ett knas, og det ville være dødt.

Kanskje Octavia burde hjelpe...

Taceys telefon fikk Octavia til å gå ut på kjøkkenet i stedet.

Det sto at det var Bruce fra backpackerklubben.

Octavias blod ble kaldt. Backpacker-huset ved siden av kafeen? Faen, hvis det hadde skjedd noe ille med kafeen, ville det knuse Tacey. Så hun svarte på anropet.

"Hallo?"

"Hei, dette er Bruce. Jeg er bestyrer for backpackerhotellet ved siden av Shut Up Café. En av gutta som bor her hørte glass knuses, men det var ikke her, og jeg så at kafédøren var åpen, selv om den er stengt, så jeg ringte politiet, og de er der nå og..."

"Jeg kommer med en gang. Takk, Bruce," sa Octavia og snappet opp bilnøklene.

Hun vurderte å si det til Tacey, men det var umulig at hun ville høre det på grunn av Rorys skrik, og Octavia kunne håndtere dette. Hun ba om at universet på en eller annen måte ville hjelpe henne med å håndtere dette.

Hun kjørte i full fart helt frem til kafeen, og anså det som et mirakel at det første politiet hun så, var de som sto på gangstien utenfor.

"Hva er det som har skjedd?" spurte Octavia.

En av politibetjentene rynket pannen. "Er du Tac ... Tac ... Miss Bell?"

"Jeg er miss Bell, men ikke Tacita," sa Octavia og uttalte søsterens navn langsomt i håp om at de kanskje ville huske det. "Jeg er Octavia, den andre søsteren." Og det andre navnet på leiekontrakten, for når slike ting skjedde og Tacey var for opptatt med å være årets mor til å ta seg av det.

De så begge lettet ut. "Lot du døren stå åpen?"

"Nei, vi låser alltid kafeen for natten når vi stenger. Naboen ringte meg og sa at han hørte knust glass, men døren ser ut til å være i orden ..." Octavia svelget. Det var mye glass på innsiden. "Er det trygt å gå inn?"

"Med din tillatelse kan vi sjekke for deg."

Tillatelse ga hun med glede. Men hun fulgte etter dem inn, og var ikke glad for å bli stående utenfor. Hvis det var skader, måtte hun se dem. Og så ordne opp før Tacey så det.

Til å begynne med så kafeen fin ut.

"Vet du hvor dette kommer fra?" spurte en av betjentene og pekte på gulvet bak disken.

Octavia trakk pusten dypt og gikk frem. Det var glass overalt, et helt teppe av skår og splinter som var så små at hun måtte støvsuge det opp for å være sikker på å få med alt.

Disken så imidlertid intakt ut, sammen med alt glassutstyret som var stablet langs veggen. Det tok Octavia et langt øyeblikk å innse at glassskapet som sto oppå disken ved siden av kassaapparatet, og som vanligvis var fullt av bakverk, kaker eller muffins som Tacey hadde laget for dagen, manglet.

"Kakeskapet, antar jeg," sa Octavia. Hun prøvde å beskrive størrelsen og formen med hendene. "Det står vanligvis her, men det var veldig tungt. Vi måtte være to for å løfte det sist vi måtte gjøre rent under det."

"Noen hatet virkelig det skapet, da. En misfornøyd kunde, kanskje?"

Octavia kunne bare riste på hodet. "Alle likte Taceys muffins. Alle sammen. Til og med de glutenfrie var fantastiske, og faktisk glutenfrie, ikke som andre steder jeg kan nevne. Jeg skjønner ikke hvordan den kan være i så mange biter. Selv om du mistet den ned trappen og hoppet opp og ned på den, ville du ikke vært i stand til å ..." Octavia svelget.

"Hva om du knuste den med en murstein?" spurte betjenten og dyttet til noe som lå halvt skjult under disken med foten. Det var en murstein - eller halvparten av en. Det så ut som om den hadde kommet fra gårdsplassen bak backpackerne, som også lå bak bygningen deres.

"Jeg antar..." Hun kunne ikke forestille seg at hun ville gjøre noe sånt. Eller at noen ville knuse noe som tilhørte Tacey. Det var bare ... utenkelig. "Kanskje de var sinte fordi det ikke var penger i kassa, så de lot det gå ut over det som var nærmest." Hun hadde sett noen av gutta nordpå på gruvearbeidsplasser gjøre sånne sprø ting. Noen av dem var dopet, selv om de rutinemessige rusmiddeltestene skulle stoppe det, og noen av dem hadde problemer som gikk langt utover behovet for sinnemestring. Det ble hvisket om rulleblad og fengselsopphold for voldsforbrytelser, men ingen kunne bekrefte det, og hun hadde aldri hatt lyst til å hacke seg inn i personalregistrene for å finne det ut. Ikke at det krevde mye hacking når man administrerte alle IT-systemene, inkludert HR-systemene, men ... det var noen ting man bare ikke ønsket å vite. Det var bedre å tro det beste enn det verste om folk.

Politimannen så ikke ut som om han trodde på det, men han sa det ikke. Han fortsatte bare mot kjøkkenet.

Kjøkkenet og lagerrommet var urørt. Den som hadde kommet inn, hadde ikke ønsket mat eller kjøkkenutstyr.

"Det ser ut til at det var her de kom seg inn", sa en stemme ovenfra.

Der Octavia oppbevarte alt sitt beste utstyr...

Hun løp opp trappene, to og to, og ble nesten svimmel av å holde pusten da hun kom opp. Hun slapp pusten i et lettet hves da hun så at datamaskinen fortsatt var der, og at oppbevaringsboksen med kamerautstyret fortsatt var dekket av duken som fikk den til å se ut som et salongbord.

Ja, alt var der fortsatt, akkurat slik hun hadde forlatt det før hun dro nordover. Det eneste tegnet på at noen hadde vært her, var glasset på gulvet fra det knuste vinduet. Disse skårene var større, ikke knust til pulver som skapet i underetasjen.

Politibetjenten lente seg ut av vinduet. "Jepp, det ser ut som om de har klatret opp avløpsrøret, og så bøyd det over til vinduet slik at de kunne bruke det til å klatre inn." Han banket i gulvet. "De etterlot litt vann her også. Du må tørke det opp før det ødelegger gulvplankene eller lekker gjennom taket under."

"Må du ikke sjekke fingeravtrykk eller noe først?" sa Octavia. Ja, det var viktig å rydde opp, men enda viktigere var det å finne den som hadde gjort dette, slik at det ikke skulle skje igjen.

"Er det noen som kan ha grunn til å ville skade deg eller søsteren din?" spurte betjenten.

"Bare eksen hennes, men han sitter i fengsel for å ha forsøkt å drepe henne," sa Octavia. "Han kommer neppe til å klatre i avløpsrør og knuse skap på noen år ennå." For alltid, hvis hun fikk det som hun ville. Rettssystemet hadde vært altfor mildt mot Matt, sannsynligvis fordi han var en hvit gutt som gikk på en fancy privatskole. "Sannsynligvis en narkoman på jakt etter penger. Jeg har sett andre forretningseiere sette den tomme kassaskuffen i vinduet når de stenger om kvelden, så innbruddstyvene vet at de ikke skal bry seg. Kanskje vi burde prøve det." Hun banket utålmodig med foten, og grimaserte da hun hørte glasset knase under skoen. "Kan jeg begynne å rydde opp nå?"

"Jeg skal bare se etter fingeravtrykk", sa den andre betjenten mens han trasket opp trappen.

Det tok ytterligere en halvtime før de var ferdige, og hun fikk lov til å låse døren bak dem. Først da fant hun frem den store industristøvsugeren og begynte å støvsuge kafégulvet.

Hun fylte den to ganger og måtte tømme den i containeren på baksiden, og hun hadde knapt fått bukt med rotet. Med dette tempoet ville hun komme til å rydde hele natten.

"Kan jeg hjelpe deg med noe?"

Octavia slapp støvsugerslangen i overraskelse.

Harlow sto ved siden av disken, kun iført de lånte joggebuksene fra i går, og så for alt i verden ut som om ingenting hadde skjedd.

Hun tok tak i armen hans og klemte til. Han føltes ekte nok, og slett ikke som en hallusinasjon. Men på den annen side, hvis hun hallusinerte, ville det ikke være så langt fra å se og høre Harlow til å tro at hun kunne føle ham også.

"Hva skjedde i går kveld? Hvor ble det av deg?", spurte hun.

Han hang med hodet. "Jeg er lei for det. Jeg hadde tenkt å ta deg med til Hooghly Town, men jeg ble distrahert av kirkegården, og så sto solen opp, og jeg satt fast."

"Sitter fast."

"Det er en gargoyle-greie. Når vi utsettes for direkte sollys, blir vi til stein, som en statue på et tak. Vi kan ikke bevege oss eller snakke igjen før vi er ute av solen, eller solen går ned."

Så nå forestilte hun seg ikke bare en fyr i gargoyle-drakt, men en ekte gargoyle? Hun hadde lest for mange av Callies monsterromaner.

"Akkurat..."

"Vi kan gå igjen når vi er ferdige med ... det du trenger min hjelp med her, hvis du vil," sa han.

"Når jeg er ferdig med å rydde her, drar jeg hjem for å sove litt. Det trenger jeg nok, hvis jeg påkaller monstre fra underbevisstheten min for å hjelpe til med rengjøringen. Jeg hadde trodd at skogens skapninger ville være mer ... passende ..." Octavia måtte undertrykke et fnys. Skogens vesener fungerte bare for prinsesser, og Rory var helt bestemt på at ingen av dem var prinsesser. Hun hadde tydeligvis ikke sett *Prinsessen og frosken* ennå, da. Kanskje i helgen ...

"Hva kan jeg gjøre for å hjelpe?" spurte Harlow.

En mann som meldte seg frivillig til å gjøre rent. Det var ikke et tilbud Octavia hadde tenkt å takke nei til, hallusinasjon eller ikke. "Vel, hvis du kan begynne å ta deg av det knuste glasset ovenpå mens jeg gjør meg ferdig her oppe, så kan jeg komme opp og vaske gulvet. Og så må jeg finne noe å tette igjen vinduet med, til jeg kan få noen til å reparere det."

"Ja, frue." Harlow gikk ovenpå.

Selvfølgelig hadde hun hallusinert om en mann som så fantastisk ut i joggebukser.

Octavia ristet på hodet og fortsatte arbeidet.

# NINE

Da solen endelig gikk ned, hadde Harlow gått tilbake til huset for å be Octavia om unnskyldning for at han hadde forlatt henne og ikke svart på tilropene hennes, bare for å oppdage at hun ikke var hjemme. Verre var det at Grant og Wystan hadde slått seg ned på taket, som store, stygge haner, så han hadde søkt tilflukt innenfor murene i ruinhytten lenger nede i åsen for å vente på at Octavia skulle komme tilbake.

Hun hadde vært opptatt med familien i huset i flere timer, så han hadde ventet, distrahert av den lille rødhårede katten som jaktet på rotter i palmetrærne. Han hadde aldri sett en så effektiv morder. En, to, tre, fire ... snart hadde katten lagt ut en rekke lik foran trappen til hytta, og hun viste ingen tegn til å bremse blodbadet.

*Hjelp meg.*

Harlow kunne ikke motstå sirenekallet fra Octavias stemme, men det ville han heller ikke. Men denne gangen kjørte hun av gårde i bilen sin uten ham, og han måtte følge det røde lyset fra baklyktene hennes fra luften.

Hun satte kursen mot kafeen der de hadde møttes i går kveld, men hun var ikke alene. To politibetjenter var til stede og etterforsket det som så ut til å være et innbrudd på kafeen.

Harlow snek seg inn mellom veggene, så og lyttet. Politiet mente at angrepet var personlig, mens Octavia så ut til å tro at motivet bare var tyveri. Men å redusere glass til pulver ... det krevde en innsats, selv for en mann med knyttnever av stein. For en normal mann ... krevde den slags skade en god del raseri. Og hvis noen som ville gjøre det mot et skap var ute etter Octavia, ville Harlow beskytte henne, uansett hva. La jævelen slåss mot en mann på sin egen størrelse, i stedet for å gå løs på hjelpeløse kvinner. Eller til og med kapable kvinner.

Til slutt gikk politiet, og Harlow våget å gå ut på kafeen der Octavia kunne se ham. "Kan jeg hjelpe deg med noe?" spurte han. Hun hadde tross alt bedt om hjelp, og i mangel av en angriper å banke opp, kunne han like gjerne være til nytte.

Hun sendte ham ovenpå, hvor han hadde sett mer glass fra det knuste vinduet. Det var lett å plukke opp bitene, for glass var ingen match for den levende steinhuden hans, men det tok lengre tid å finne noe å reparere vinduet med. Han fant en pakkekasse som hadde omtrent riktig størrelse, og begynte å ta den fra hverandre, før han satte den sammen igjen til en skodde av samme størrelse som vinduet. Han var akkurat ferdig med å spikre den på plass da Octavia kom opp trappen med en mopp og en bøtte.

"Jøss", var alt hun sa.

"Hvor vil du at jeg skal sette dette?" spurte han og holdt frem bøtta med glasskår han hadde samlet.

Hun grep den ut av hendene hans. "Jeg tar den. Gjør ferdig det du holdt på med med vinduet."

Han var faktisk ferdig da hun kom tilbake, så han hadde begynt å tørke gulvet.

"Du trenger ikke å ..." begynte hun. Så sukket hun. "Jeg vil gjerne tro at du er virkelig, men alt dette er for perfekt. Du må være en hallusinasjon, for bare en imaginær mann kan muligens ..." Hun viftet hånden opp og ned i et forsøk på å formidle noe hun ikke hadde ord for.

"Jeg forsikrer deg om at jeg er ekte, og langt fra perfekt, frue", sa Harlow og slapp moppen ned i bøtten for siste gang. "Jeg har fortsatt dårlig samvittighet for hvordan jeg forlot deg i går kveld. Jeg har prøvd å finne ut hvordan jeg kan gjøre det godt igjen. Hvis det er noe du ønsker av meg, trenger du bare å si det, så skal det bli gjort. Det sverger jeg på."

Hun viftet med en finger mot ham. "Ser du? For perfekt. Jeg innbiller meg sikkert at du har spikret igjen vinduet også, så jeg burde få en glassmester ut hit med en gang for å fikse vinduet ordentlig. Bra jeg kjenner en som skylder meg en tjeneste ..."

Hun tok frem en liten enhet på størrelse med et telefonkort og holdt den mot øret. Etter å ha snakket inn i den i noen minutter, la hun den tilbake i lommen. "Greit. Reparasjonene er ordnet. Nå må jeg komme meg hjem, for jeg kom akkurat på at jeg har lovet Tacey å bli hjemme med Rory mens hun handler mat, ellers må jeg gå på supermarkedet, og jeg får aldri tak i de riktige tingene. Og det Tacey lager, smaker alltid bedre uansett." Hun pekte en finger mot Harlow. "Og du, min perfekte hallusinasjon, du kan bli her til i morgen kveld, når jeg kommer tilbake for å jobbe med min virtuelle Swan River-koloni. Da kan du fortelle meg alt du vet, slik at jeg kan gjøre den enda bedre enn den allerede er."

Harlow bukket. "Det ville være en ære."

# Ti

Det var sjelden Octavia var våken før lunsjtid, særlig siden hun vanligvis la seg rett før daggry, men morgenen etter innbruddet var en av dem. Alle andre hadde allerede dratt på jobb og skole, så hun kunne godt ha tilbrakt dagen med å se på TV i pyjamasen, men hun var for rastløs til å bare ligge på sofaen. Da hun bodde hjemme, ville hun ha tatt seg en løpetur, men nå ville hun bruke energien på noe mer praktisk enn å trampe på fortauet.

Så hun gikk til kafeen og vinket hei til Rochelle mens hun gikk ovenpå for å jobbe med det oppslukende prosjektet. Hun hadde glemt å sjekke om renderingen var ferdig i går kveld, og hun måtte se det endelige resultatet før hun sendte det til Bicentennial Council sammen med prosjektsøknaden. Hvis de godtok den, ville hun ha midler og tid til å utvikle den fra et konsept til en fullverdig virtuell verden, som ville få sin egen plass i det nye WA-museet når det åpnet på slutten av året.

Da ville alle kjenne Carlines historie, sammen med en rekke andre kvinner som hadde jobbet hardt for å gjøre den unge kolonien til en blomstrende stat med en industri som finansierte det meste av landet, noe folk på østkysten heller ikke hadde noen anelse om.

Kanskje mamma da ville trodd at kvinnene i familien var mer som Carline og Tacey, modige rebeller som ikke brukte all sin tid på å prøve å passe inn i den perfekte nisjen. Nei, Bell-kvinnene brøt ned murer, banet vei og hadde mot til ikke bare å skrive sin egen skjebne, men også til å sørge for senere generasjoner.

Bell House var det perfekte eksempelet. Det ble bygget som erstatning for den falleferdige Bell Cottage, som hadde vært Carlines hjem, og ble holdt i stand som bolig for Bell-kvinner som ønsket å være uavhengige av familien for å følge sin egen vei. Til og med leiebetingelsene sa at ingen menn hadde lov til å bo der - selv om mannlige barn kunne bo der, så lenge mødrene bodde i huset. Ved å betale litt mer enn en spottstyver i husleie (fordi det var en familieeiendom, holdt i fideikommiss) hadde Octavia kunnet fortsette å studere og jobbe med VR-prosjektet sitt, selv om hun under normale omstendigheter ville ha måttet ta eksamen og finne seg en jobb for lenge siden. Akkurat som Sibyl og Alethia. Og Tacey ... vel, Tacey hadde trengt dette stedet like mye for seg selv som hun hadde trengt det for Rory. Det hadde gitt henne et sted å bo, med et støttenettverk av familie som kunne hjelpe henne med Rory og kafeen når hun trengte det, samtidig som hun hadde blitt en slags surrogatmor for dem alle sammen.

Tacey sørget for at regningene ble betalt i tide, og at det var mat i kjøleskapet. Hun var til og med kjent for å vaske tøy for deg hvis du hadde glemt det ved siden av maskinen eller på snoren.

Så Octavia måtte få dette prosjektet ferdig, og ut der publikum kunne se hvor fantastiske Bell-kvinnene hadde vært gjennom århundrene. Det var arven deres, så vel som fremtiden deres. Og kanskje, bare kanskje, når hun var ferdig med å fortelle historiene til kvinner som var langt mer fantastiske enn hun noen gang ville bli, ville hun ha mot til å velge en vei for seg selv, noe hun ikke engang hadde våget å tenke på før hun flyttet inn i Bell House.

I løpet av de årene hun hadde bodd i Bell House, hadde hun vurdert det, men hun hadde fortsatt ikke tatt noen beslutning. Det var så mange ting hun kunne gjøre med livet sitt ... hvis hun bare hadde mot til å gjøre dem. Hvis det å tre inn i denne ferdige VR-verdenen kunne gi henne bare en skjefull av det motet forfedrene hennes hadde hatt, ville det være nok.

Men det første steget var å søke om finansiering av pilotprosjektet.

Octavia strakte seg ned og slo på strømbryteren til datamaskinen.

Ingenting.

Hun trykket på den igjen, hardere denne gangen.

Fortsatt ingenting.

Den tredje gangen holdt hun den nede som om hun prøvde å nullstille systemet. Det fikk hun alltid svar på - som regel et sint pip, etterfulgt av en brumming fra datamaskinen som startet opp.

Men i dag var det fortsatt ingenting.

En normal person ville fått panikk eller ringt IT-support.

Men Octavia var teknisk support. På gruveområdet hadde de kalt henne Batgirl for datamaskiner, for hun kunne tydeligvis ikke være Batman. Hun hadde bare smilt og takket for komplimenten. Det var best at de ikke visste sannheten...

Men akkurat nå, med tårnkabinettet vidåpent og den skarpe lukten av brente kretser i luften mens hun dro ut hver dryppende, stekte del av det som hadde vært funksjonell teknologi, følte hun seg mer som om hun hadde havnet på feil side av Jokeren.

Vannskader kunne hun ha taklet. En stor pose med ris og varme ville ha reddet det meste av utstyret. Litt brente ledninger ville vært beklagelig, men kunne vært erstattet. Men dette ... det var som om noen med vilje hadde skjenket vann gjennom ventilasjonsåpningene til de hadde oversvømmet maskinen, og så hadde de slått den på og forvandlet tårnet til et nettverk av kortslutninger til det hele brant ut og smeltet sammen til en klump som ikke kunne reddes. De eneste mer effektive måtene å ødelegge en datamaskin og alle dataene i den på, var å bruke ild eller syre.

Den som hadde gjort dette, visste hva han gjorde, og ødela datamaskinen og alle dataene på den. For ikke å snakke om grafikkortet, som hadde vært nesten nytt, og som hadde kostet henne mer enn resten av systemet til sammen. Man kunne ikke lage skikkelig, oppslukende virtuell virkelighet uten et grafikkort i toppklassen, og et system som kunne håndtere det.

Octavia pustet ut gjennom tennene. Hun måtte begynne helt på nytt, inkludert å bygge et nytt system med ny maskinvare. Hun ville måtte presse på for å rekke søknadsfristen hos Bicentennial Council nå. På den annen side ville hun gjenskape det hun allerede hadde gjort, og hun hadde jo alle notatene og den originale grafikken lagret i skyen. Det eneste hun ikke hadde, var renderingen, eller prosjektfilene hun hadde brukt til å lage renderingen.

Hun sukket. Hun burde ha latt Tacey føre opp datasystemet og alt studioutstyret sitt på kaféens forsikringspolise, uansett hvor mye det kostet. Da hadde hun kunnet kreve hele erstatningssystemet på forsikringen. Men hun hadde sagt den gangen at det var usannsynlig at noen ville prøve å stjele det sammenraskede systemet hennes, så prisen for den ekstra forsikringen ville komme bedre til nytte når utstyret skulle oppgraderes om et år eller to.

Oppgraderinger, ikke et helt nytt system. Selv etter å ha jobbet i en gruve hadde hun ikke nok penger til å bytte ut hele systemet på én gang, og hun ville ikke se et øre av det før om en uke eller to.

Hvis hun ville ha en ny datamaskin tidligere, måtte hun ta frilansjobber i mellomtiden. Den typen jobber som betalte kontant når de var ferdige.

Ja, ja... Hun kunne i det minste glede seg over at hvis moren visste hva hun holdt på med, ville hun sannsynligvis fått et anfall. Så med et smil om munnen, til tross for alt, fant Octavia frem den bærbare datamaskinen og dukket ned på det mørke nettet for å sjekke ut jobbsidene.

# Elleve

Sent på ettermiddagen regnet Octavia med at hun var halvveis. Hun kunne selvsagt jobbe som vanlig IT-support, men det var så mye mer lukrativt å fikse problemer for folk som drev med … tvilsom lovlighet. Det var én ting å fikse skriveren til en vanlig familie slik at ungen kunne skrive ut en skoleoppgave, men når en fyr som solgte falske identifikasjonspapirer lastet ned en oppdatering som gjorde at datamaskinen hans sluttet å snakke med skriveren … da fikk supportteknikeren som kunne fikse problemet superheltstatus. Og en femstjerners anmeldelse for service og diskresjon. Noe som bare ga henne et enda bedre rykte blant kunder som ham.

Så da hun trengte kontanter...

I dag hadde hun montert et nytt elektronisk sikkerhetssystem i en motorsykkelklubbs klubbhus, noe som gjorde festningen høyteknologisk. Riktignok hadde hun brukt en drill mer enn hun hadde brukt den bærbare datamaskinen for å montere de elektroniske låsene på alle dørene, men til og med hun var imponert da det hele var ferdig. Det var motorsykkelklubbens president også, og det var derfor hun hadde hatt en så god dag.

Hun hadde også hatt et par vanlige tekniske supportoppdrag, der hun hadde løst helt vanlige dataproblemer for flere kryptovalutahandlere. De hadde hun kunnet gjøre på avstand, med en stemmesynthesizer, noe som vanligvis var en god ting når man hadde med disse folkene å gjøre. Hvis de hadde visst at hun var kvinne ... Det var derfor profilbildet hennes var en karikatur av en mannlig vampyr som holdt et kamera med OTTO på et svart bånd under. Hun ga til og med rabatt til alle som forsto Discworld-referansen, men hun hadde bare møtt én kunde som gjorde det - en kvinnelig kryptovalutahandler, tilfeldigvis.

Hun reiste seg fra stolen og strakte på seg. Hun kunne vente til hun hadde nok til en helt ny datamaskin, men hun hadde lært at de beste grafikkortene ofte måtte bestilles hjem, og at det tok lenger tid å få dem enn noe annet. Hun hadde nesten nok til grafikkortet, så hun burde nok bestille det først og vente med resten.

En rask sjekk hos de vanlige leverandørene hennes viste at de ikke hadde noen avanserte grafikkort på lager akkurat nå, uansett hvilket merke hun ville ha, så det ville være bedre å ringe rundt i morgen for å høre hvem som ventet en bestilling tidligst mulig.

I mellomtiden var medielaboratoriene på universitetet det eneste alternativet, som hun hadde gratis tilgang til så lenge hun var innskrevet som student. De hadde ikke det beste utstyret, men det var likevel bedre enn noe annet hun kunne få tilgang til i noen uker. Forhåpentligvis ville det være nok til å gjenskape piloten, slik at hun fortsatt kunne søke om stipendet…

# TOLV

Semesterferien hadde begynt, så universitetet var nesten folketomt. Det var rart å se stedet så tomt i dagslys.

Medielaboratoriene var imidlertid unntaket - her var det som i en studentforening, med gutter og deres drinker drapert over alle overflater ... og alle datamaskiner.

En av dem, en fyr som jobbet på laptopen sin i stedet for på den mørke skjermen foran seg, flyttet seg for å la henne ta plassen hans. Hun takket ham og logget seg på.

For første gang noensinne var hun glad for at hun brukte skybasert programvare, for universitetet var ikke dumme nok til å gi IT-studentene administratorrettigheter på disse maskinene.

Men da hun klikket på filen hun sist hadde jobbet med, fikk hun bare feilmeldinger. Kildefilene på den gamle datamaskinen var utilgjengelige, og det ville ta henne flere timer å bytte ut lenkene med sikkerhetskopiene i skyen. Men på den annen side hadde hun jo ikke noe annet å gjøre...

Fingrene hennes danset over tastene og byttet ut lenke etter lenke. Det tok ikke lang tid før det ble kjedelig, eller før tankene hennes gled bort fra oppgaven og over til samtalen som foregikk bak henne.

"Den må innledes med en rap om hvordan alle forlot ham, men at han likevel gjorde det alene."

"Jeg vet det! Vi burde bruke *Pirates of Penzance*. Spille på det, på en eller annen måte. Alle liker den."

"Kan vi gjøre det? Er ikke det plagiat og sånt?"

"*Hamilton* gjorde det."

"Virkelig?"

"Jepp."

Det ble stille et øyeblikk.

Så falt de over hverandre og ble enige om at de absolutt burde gjøre det, fordi det hadde blitt gjort i *Hamilton,* som hørtes ut som deres hellige gral.

Octavia hadde hørt om den, men hun hadde aldri sett den. Hun hadde imidlertid sett noe om at det hadde dukket opp et opptak på en av strømmetjenestene. Kanskje hun burde ta seg tid til å se den. Etter at Rory hadde lagt seg, i tilfelle det var noe som ikke passet for barn.

"Åååh, jeg har en!" sa en av guttene.

Det tok et minutt før de andre ble stille igjen.

"Yo yo, jeg er Thomas Peel

Jeg skal fortelle deg hvordan vennene mine og jeg

Gjorde Swan River-kolonien til virkelighet

Vil ikke ha noe med straffedømte å gjøre

For jeg føler meg fri..."

Alle guttene klappet, mens Octavia kjempet for ikke å le av hvor forferdelig det var. Disse guttene visste ikke det minste om Peel. Den gamle rasisten ville snudd seg i graven hvis han hørte noen rappe om ham. Han hadde vært en av skytterne i Pinjarra-massakren, for helvete.

"Du vet vel at Thomas Peel var en rasistisk rikmann?" utbrøt hun.

Som én mann snudde de seg og stirret på henne.

En gutt reiste seg opp. "Jeg skriver doktorgrad om Peels liv. Jeg tror jeg kjenner ham bedre enn du kan."

Før Octavia rakk å svare, brøt en annen gutt inn: "Og jeg skal lage en musikal om koloniens tidlige historie. Faren min er venn med Packers, så Crown er allerede interessert i å være vertskap for forestillingen når den er ferdig."

"Vi har allerede søkt om støtte fra Bicentennial Council, og faren min sitter i rådet, og han sier at vi er garantert å få det godkjent, spesielt med all støtten vi allerede har", fnyste den fæle rapperen.

Gud hjelpe de små drittsekkene. Hvis de noen gang kom seg opp på scenen, ville kunstmiljøet rive dem i filler.

"Lykke til med det, da," sa hun og logget seg ut av datamaskinen for å komme seg til helvete ut derfra.

Som om hun hadde lest tankene hennes, ringte telefonen, og hun svarte uten å se seg for.

"Er dette Otto?"

Hun nølte.

Fyren i den andre enden gjorde ikke det. "Sikkerhetssystemet du har installert, virker ikke.

Du bør komme ned hit fort, for ingen kommer inn i klubbhuset, og presidenten begynner å bli skikkelig forbanna."

Han la på.

Octavia pustet ut. Tilbake til motorsykkelklubben, da. Var det galt at hun syntes motorsyklistene var bedre selskap enn det vordende boybandet i medielaboratoriet?

Men hun var ikke dum. En gjeng sinte menn var fortsatt farlig, selv om hun visste at hun ikke var ansvarlig for det som var galt med systemet deres. Det hadde fungert fint da hun dro, så de måtte ha gjort noe.

Hun sendte ut en bønn til universet om å hjelpe henne med å fikse det de hadde gjort, uten at noe annet gikk galt.

# Tretten

Solen hadde så vidt gått ned da Harlow hørte Octavias rop. Han var i luften i tankens hastighet, på vei innover i landet.

Han fant bilen hennes parkert utenfor en bygning omgitt av høye murer, med gitter for alle vinduene. Som et fengsel eller et militærfort. Utenfor sto det en rekke tohjulede transportmidler som til forveksling lignet på en swiftwalker han hadde sett noen kjøre i Glasgow, men hvis swiftwalkeren var et rådyr etter en lang og hard vinter, var disse tohjulingene fete svin, klare til slakt. Hadde disse kanskje en motor, som Octavias bil?

Garnisonen på denne festningen - for mennene utenfor så ut som krigere - sto med armene i kors ved siden av transportmidlene, med unntak av en mann som sto over Octavia og ropte til henne.

Hvordan våger han å prøve å skremme en dame på den måten?

Harlow falt ned på veien, foldet vingene bak seg og marsjerte inn i kampen. Han gikk forbi garnisonen og stilte seg ved Octavias skulder, der han kunne møte mobberens overraskede blikk.

"Hvem er du?" spurte mannen.

Octavia kastet et blikk tilbake. Hun sperret øynene litt opp da han dukket opp, men hun kom seg raskt. "Dette er Harlow. Han er assistenten min." Hun trakk på skuldrene. "Skal jeg sette i gang med å løse problemet ditt, eller vil du skrike litt mer? Jeg tar betalt per time, vet du."

Mannen ble rød i ansiktet. "Dette er din feil, så du må fikse det gratis, ellers vil guttene mine..."

Harlow trådte frem, slik at han sto tå mot tå med mannen. "Jeg ville latt damen jobbe, hvis jeg var deg."

Mannen trådte et skritt tilbake, og så rykket han til med hodet mot Octavia. "Du, fikse ting. Og du ... vet du hvem jeg er?"

Harlow trakk på skuldrene.

Mannen knipset med fingrene. "Gutter, vis ham."

To menn fra garnisonen trådte frem. "Vis litt respekt for presidenten i Djevelens egen motorsykkelklubb!" sa den ene, mens den andre slo knyttneven i Harlows mellomgulv.

Eller han ville ha gjort det, hvis Harlow hadde vært laget av kjøtt og ikke levende stein. I stedet for å slå pusten ut av Harlows lunger, var det angriperen som falt sammen med et hyl og grep om den knuste knyttneven sin.

Kameraten reagerte raskt - for raskt, for han gikk rett over til sinne, uten å innse hvordan Harlow hadde såret den andre mannen. Han slo Harlow i ansiktet med et slag som sannsynligvis ville ha ødelagt tennene til en normal mann. I stedet var det bare fingrene hans som brakk.

"Ta deg av ham!" ropte presidenten og vinket flere menn frem.

Tidligere hadde Harlow vært i noen barslagsmål ... som regel startet av Grant, og hans rolle hadde for det meste vært å hale broren ut før han ble drept. Han hadde lært seg å ta imot slagene der de ville gjøre minst skade, men nå ... sto han bare urørlig, til idiotene skjønte at de kastet bort tiden sin.

"OI!"

Octavias rop skar gjennom støyen. Alle snudde seg og stirret på henne.

Og den åpne døren bak henne.

Presidenten fikk hakeslepp.

"Jeg har funnet problemet ditt. Batteriene dine er flate. Jeg plugget inn telefonen for å få nok lading til at fingeravtrykksskanneren fungerer, men når lampen for lavt batterinivå tennes, må du bytte ut batteriene, ellers vil dette skje igjen. Så hvis du sender noen ned til supermarkedet for å kjøpe noen doble As, skal jeg vise deg hvordan du setter dem inn, slik at du ikke trenger å ringe meg neste gang." Hun så skjevt på alle mennene på bakken, og på Harlow som sto midt i blant dem med armene i kors. "Eller assistenten min."

Presidenten, som hadde bleknet betraktelig, tok seg sammen og klarte å finne en uskadet mann som han kunne sende i Octavias ærend.

"Mens vi venter, la oss diskutere honoraret mitt. Jeg mener, det er standard timepris, utrykningspris, pluss assistenten min ..." Octavia hostet.

"God teknisk support er ikke billig, herr Jerome, som du sikkert vet."

Etter en lang stund sendte herr Jerome mennene sine inn, men han ble stående der han var til løpegutten kom tilbake med swiftrideren, eller hva det nå var for et transportmiddel, knurrende som en bjørn under seg. Harlow var fascinert av det. Kanskje han kunne få tak i en. Men han måtte spørre Octavia hvordan.

Octavia satte de små sylindrene inn i låsen hun hadde demontert, og forklarte begge mennene hva hun gjorde, før hun satte låsen sammen igjen og overrakte de gjenværende sylindrene i papiremballasjen til herr Jerome. "Nå, honoraret mitt?"

Herr Jerome sendte løpegutten inn. Et øyeblikk senere kom han tilbake med en bunke fargesterke sedler, som tydeligvis var datidens penger, og overrakte dem til Octavia.

Octavia stakk pengene i lommen og la hodet på skrå. "En fornøyelse å gjøre forretninger med deg igjen, herr Jerome. Du vet hvordan du kan kontakte meg hvis du trenger mer teknisk støtte i fremtiden." Hun gikk mot bilen med hevet hode, før hun snudde seg. "Kommer du, Harlow?"

Det var gøy å fly, men ... det virket klokt å følge henne akkurat nå, i tilfelle noen av disse mennene skulle finne på å komme etter henne for å hevne seg. På den annen side ville de sikkert hevne seg på Harlow for å ha ydmyket dem, selv om det neppe var Harlows feil at de hadde slått ham ...

"Ja, frue", sa han og gled inn i setet ved siden av henne. Innbilte han seg det, eller kjørte hun litt fortere denne gangen enn hun hadde gjort forleden kveld?

De hadde kjørt i minst et kvarter før Octavia plutselig pustet ut og sa: "Det var et eventyr. Takk for at du kom, forresten. Burde jeg spørre hvordan du visste at jeg ville være der og trenge din hjelp?"

Harlow trakk på skuldrene. "Du ba om hjelp. Og jeg svarte. Jeg er gargoyle-beskytteren din. Det er det jeg er forpliktet til å gjøre."

Hun gned hånden over pannen. "Ja, du har sagt det før, men jeg ... vel, jeg trodde ærlig talt at jeg innbilte meg deg til å begynne med. Særlig måten du forsvant på den første kvelden. Men de mennene kunne se deg, og de slo deg, og de skadet deg ikke engang. Du bare dukker opp fra ingensteds, akkurat når jeg trenger deg, og jeg må lure på ... hvorfor nå? Og hvor har du vært hele livet mitt?"

Harlow var ikke helt sikker, men han kunne gi henne noen svar. "Du ropte på meg på kirkegården. Noe du sa vekket meg, og nå kommer jeg når du roper på hjelp."

Hun så forundret ut. "På kirkegården? Mener du at vi faktisk klarte å ... vent, du sa at dere kom til *Hooghly*, og Alethia sa at den kirkegården er en av de eldste i Perth. Vekket vi liket ditt? For du ser ikke død ut."

Harlow måtte tenke seg om et øyeblikk før han svarte: "Jeg tror jeg døde i 1834, i den mest tåpelige eskapaden min bror noensinne har foreslått. Jeg føler meg mer levende nå enn jeg noen gang gjorde den gangen, men jeg vet ikke hvordan du klarte å vekke meg. For døden skal ikke bare være en søvn man kan vekkes fra."

"Ikke spør meg. Den eneste magien jeg er i stand til å utføre, er med datamaskiner. Callie er den som kan noe om heksekunst, selv om hun alltid har sagt at magi ikke finnes. Derfor er det enda merkeligere at en trylleformel hun kastet faktisk virket ... og hvorfor meg? Vi prøvde å påkalle en demon for å beskytte Alethia, ikke meg. Jeg trengte ikke beskyttelse. Ikke før i kveld, kanskje.

Men..." Hun fuktet leppene. "Beskytter du oss alle? Er det derfor du er her, og andre ganger ikke?"

Harlow ristet på hodet. "Jeg er forpliktet til å beskytte deg, og bare deg. Du vekket meg, og jeg svarer på ditt rop om hjelp, uansett hvilken hjelp du måtte trenge. Enten det er i tidlige kolonitiders jordbruksmetoder eller å forsvare deg mot noen svært sinte, men ikke særlig intelligente menn."

"Ja, takk for det. Jeg vet ikke hva som hadde skjedd hvis du ikke hadde dukket opp. Kanskje jeg bare burde holde meg til fjernsupport og en og annen firmakontrakt. De betaler ikke like godt, men ... med pengene jeg tjente i dag, burde jeg ha nok til å erstatte datamaskinen min og betale en kurer for å sende grafikkortet hit. Bare kryptohandlere og svindlere fra nå av."

"Hvis du venter til om kvelden med slike hjemmebesøk, kan jeg bli med deg for å beskytte deg. Du trenger bare å si ifra," sa Harlow.

Octavia stirret på ham et langt øyeblikk, så vendte hun blikket tilbake mot veien. "Jeg kan bare ikke tro det. Min egen gargoyle-beskytter. Og du var på *Hooghly* ..." Hun ga fra seg en liten latter. "Er det galt at jeg er mer spent på hva du kan fortelle meg om fortiden? Jeg mener, du var på samme skip som Sean Bell. Bodde i samme bosetning som ham. Alt det jeg ikke har kunnet finne i noen skriftlige kilder, finnes der, i hodet ditt!"

"Jeg skal svare på alle spørsmål dere har. Jeg er tross alt forpliktet til å tjene," sa Harlow. Men innerst inne visste han at det var mer enn det. Han ønsket å være sammen med henne. Ville beskytte henne. Han var ikke vanvittig forelsket i henne, slik Stanley eller Wystan hadde vært i sine kvinner, men han beundret henne høyt. Hun var en lærd dame, så langt over hans egen stand at han ikke engang våget å tenke...

"Men først bør du nok bli med meg hjem. Eller i det minste til kafeen, hvor vi kan snakke sammen uten å vekke Rory eller Tacey."

Han kunne ikke nekte. Selv om han hadde villet.

# FJORTEN

"Hei, hva vet du om *Hamilton*?" spurte Octavia. Hun hadde brukt hele natten på å spørre ham om hans tid i Hooghly Town, som han kalte leiren, og hun hadde glemt at han sannsynligvis hadde levd omtrent samtidig med mannen musikalen handlet om.

"Mener *du general Hamilton*?" spurte Harlow.

Octavia blunket. Hun hadde sett traileren, og hun husket svakt et glimt av militæruniformer. "Jeg antar ..."

Harlow smilte. "Det var et fint skip. Amerikansk, fra New York. Vi fikk øye på det like etter at vi hadde krysset ekvator. Kaptein Read kom om bord med en av passasjerene sine for å handle og spise middag med kapteinen vår. Han solgte meg en flaske spesielt god gin, som jeg hadde tenkt å drikke når vi endelig fikk landtildelingen vår, så jeg fikk aldri drukket den. Vi skiltes, og alle forventet at hun skulle seile av gårde, men i stedet kappseilte vi med henne, og var ganske jevnbyrdige i flere dager. Så mistet vi henne av syne om natten, og vi glemte henne nesten med jul og Hogmanay å feire."

Octavia kunne ikke annet enn å le. "Jeg visste ikke at det fantes et skip som het det. Den Hamilton jeg snakker om, er mannen som jeg tror skipet er oppkalt etter. De laget et teaterstykke, en musikal om ham, og den ble vist i New York. Det finnes et opptak som skal strømmes snart. Vi burde se den."

"Vil du at jeg skal gå i teateret med deg?"

Hun visste ikke når kinoene ville åpne igjen. Det ville avhenge av hvor lenge pandemien vedvarte. Kanskje helt til guttene var klare til å fremføre sin avskyelige rap-parodi på Peels liv.

"Hvis de lager en musikal om Thomas Peels liv, insisterer jeg på at du blir med meg på teateret, så du kan fortelle meg alt de har misforstått", sa Octavia.

Harlow stirret. "En teaterforestilling om Thomas Peel? Hvorfor i himmelens navn skulle noen bry seg om det? Selv mannen var en eneboer som hatet alle."

Octavia begynte å fortelle om guttene i datalaben og prosjektet deres.

Harlow nikket bare, som om han forstod. "Rike, unge fjols, med mer penger enn fornuft. Men det jeg ikke forstår, er hvorfor du ikke søker samme hjelp til prosjektet ditt. Hvis du samler inn penger ved å gjøre forretninger med tvilsomme personer som herr Jerome og hans bøllegjeng, ville det vel være tryggere å be universitetet om hjelp? Du er vel en akademiker, akkurat som dem?"

"Ja, men..." Octavia nølte. Callie elsket å være akademiker, og både Catena og Alethia hadde planer om å ta doktorgrader, men hun kunne ikke se poenget med å fortsette i det akademiske sporet etter at hun hadde tatt bacheloren. Politikken, for det første ... Hun sukket. "Hvis jeg ber om universitetsfinansiering til prosjektet mitt, som en del av en doktorgrad eller en annen grad, så eier de de kommersielle rettighetene til det. De kan gjøre hva de vil med den oppslukende verdenen min, og etter at jeg er ferdig med studiene, har jeg ingen kontroll over den, for da er den ikke min lenger. Så selv om de guttene skriver et veldig bra stykke som blir veldig populært, kommer de ikke til å eie det, men det spiller nok ingen rolle for dem, for de trenger ikke pengene. Det andre problemet er at de allerede har så mye støtte, ikke bare fra universitetet, men også fra myndigheter og næringsliv, gjennom sine kontakter. Foreldrene deres og de de gikk på skole med, for det meste. Så hvis de får forelagt et konkurrerende prosjekt som tar for seg samme tidsperiode, men på en annen måte, som bare utføres av én person, og som ikke har støtte fra noen annen organisasjon ... hvorfor skulle de bry seg med å godkjenne det? De har allerede støttet guttene som gjør gruppeprosjektet sitt, og de har bare så mye penger å bruke på forskning. Jeg mener, de kunne jo finansiere kuren mot en eller annen sykdom, eller en arkeologisk utgravning som er vår eneste sjanse til å lære noe utrolig, eller ..." Octavia sukket. "Dette er ... bare for meg. Jeg vil skape dette for meg, mer enn jeg vil det for noen andre. Jeg vil vise hva kvinnene i familien min gjorde. Motet deres, forholdene de holdt ut, livene de levde ... de gjorde ting jeg bare kan forestille meg, ting jeg ikke ville våget."

Det var Harlows tur til å le. "Jeg tviler på at noen av kvinnene i Hooghly Town ville ha stått opp mot den gjengen med menn i dag på samme måte som du gjorde, eller snakket til lederen deres på den måten. Om noe, så er du modigere enn noen av kvinnene i familien din som kom før deg. Derfor skal du fullføre dette prosjektet, og jeg skal gjøre alt i min makt for å hjelpe deg. Alle mine minner står til tjeneste for deg. De egoistiske unge mennene fortjener ikke å lykkes slik du gjør."

Octavia var ikke sikker på noe av det, men hun tenkte at det ville være uhøflig å si noe mer enn "takk". Så nådde de Bell House, og himmelen var allerede på vei mot daggry. Definitivt på tide å legge seg.

Hun bøyde seg frem og kysset kinnet hans. "Til i morgen kveld, Harlow." Så gikk hun inn i huset.

# Femten

Solen var i ferd med å gå ned da Octavia kom inn på kafeen. "Hva gjør du her ennå?" spurte hun Tacey.

Tacey så opp fra disken og avslørte mørke ringer under øynene. "Jeg jobber. Jeg bør vel stenge nå og ta med Rory hjem i seng."

"Og få deg litt søvn selv, mens du er i gang," sa Octavia og satte kursen mot trappen.

"Å, datadelene dine har kommet. Jeg fikk budet til å bære dem opp til deg," sa Tacey.

Jøss, det var raskt. Kanskje historiene om treg frakt ikke var sanne. "Takk." Octavia gikk ovenpå.

Bare for å finne Rory og tegnesakene hennes spredt utover gulvet. "Tante Octavia!" Hun kastet seg rundt knærne og holdt på å snuble over Octavia.

"Hei, så det er sånn det skal være? Hva er det du tegner i dag?" spurte Octavia idet hun fikk løsrevet seg.

"Monstre. Gode monstre", sa Rory og tok en pause for å spisse den grå blyanten sin. Det var mye grått på siden.

Octavia plukket opp den nærmeste. Den lignet veldig på Harlow. Den var grå og vagt menneskeformet med enten vinger eller en kappe. "Hva heter denne?"

"Herr Monster."

Selvsagt.

"Moren din vil snart hjem til middag, så hva om jeg hjelper deg med å pakke sakene dine, så vi kan overraske henne når hun kommer opp og du er klar til å dra?" foreslo Octavia.

"Ok. Wystan pleier å gjøre det, men han gjemmer seg fordi du er her," sa Rory.

Octavia grep etter penalhuset. "Hvem er Wystan?"

"Monsteret som beskytter meg mot de slemme monstrene."

Han hørtes ut som Harlow også, men det var ikke likt Rory å finne på navn. Hun lånte dem vanligvis fra TV-serier, og Octavia kunne ikke huske noen med det navnet. Med mindre karakteren faktisk het Winston...

"Vet moren din om Wystan?" dristet Octavia seg til å spørre.

"Jepp. Hun lar ham sitte ved siden av meg i bilen. Ellers måtte han ha fløyet hele veien hjem. Men han får ikke være inne i huset. Han må holde vakt fra taket."

Som en gargoyle.

Med Octavias hjelp var Rory overraskende effektiv til å pakke sammen, så hun satt allerede på toppen av trappen og ventet da Tacey kom for å hente henne. Hun reiste seg uten at noen sa et ord. "Kom, mamma, nå går vi hjem. Wystan sa at han skulle møte oss i bilen." Hun rakte ut hånden til Tacey, som tok den.

"Klarer du deg her alene?" spurte Tacey.

"Ja visst, jeg skal stenge, og så skal jeg bruke mesteparten av natten på å sette sammen det nye leketøyet mitt", sa Octavia. Hun fulgte dem til døren og låste den etter seg, før hun løp opp trappen igjen for å se dem kjøre av gårde. Innbilte hun seg ting, eller var det en mørk skygge i baksetet ved siden av Rory? Det var vanskelig å se i mørket, men …

Taceys bil snudde og forsvant ut av syne.

Octavia sukket, ristet på hodet og satte i gang med arbeidet.

# Seksten

Klokken var over midnatt da Octavia var ferdig med å sette sammen den nye datamaskinen, og så gjensto det å installere all programvaren. I slike stunder hadde det vært godt å ha noen å snakke med.

"Harlow, er du der?" spurte hun lavmælt.

Et øyeblikk senere trådte han ut av veggen, som om den var en døråpning og ikke solid stein. "Ja."

"Hvordan gjorde du det?"

"Det er en gargoyle-greie. Vi er laget av stein, og vi kan også gå gjennom stein."

"Merkelig."

"Ønsker du min hjelp?" spurte han ivrig.

"Jeg lurte faktisk på hva du gjør når du ikke er her sammen med meg," innrømmet hun.

"Om dagen gjemmer jeg meg i veggene. Her, eller i hytta i nærheten av huset ditt. Men etter mørkets frembrudd liker jeg å gå opp på taket og se ut over det kolonien har blitt. Det er så mye mer å se, og det er så annerledes enn det jeg husker. Jeg føler at jeg aldri kan se meg mett, for det er så mye å se."

"Kan du vise meg det?" Ordene var ute av munnen hennes før hun hadde tenkt seg om. Hun ville aldri klatre opp på taket av kafeen. Det var hus på andre siden av gaten som hadde hager på taket, så det måtte være en vei opp der, men dette stedet var ikke slik. Hun måtte finne en stige eller klatre ut av vinduet og klatre opp nedløpsrøret eller ...

"Ja visst." Harlow slo armene rundt henne og trakk henne bort til veggen.

Octavia knep øynene sammen og prøvde å fokusere på den varme styrken i Harlows omfavnelse og ikke på det underlige ved å gå gjennom stein, helt til hun kjente brisen i ansiktet. Først da våget hun å åpne øynene. "Å, jøss."

Hun hadde ikke forventet at taket skulle være flatt. Man kunne sette et bord og stoler eller en sovesofa her oppe og sitte oppe hele natten og bare se på stjernene. Eller Fremantle, for uansett hvordan hun så ut, var utsikten intet mindre enn fantastisk.

"Hvis Tacey visste at utsikten her oppe var så fin, ville hun åpnet en takterrasse slik at folk kunne sitte her oppe. De ville aldri hatt lyst til å gå herfra."

"Dette er din søsters forretning, ikke sant?" spurte Harlow.

"Kafeen er det, ja. Jeg betaler en del av leien for lokalene slik at jeg kan bruke atelieret i overetasjen. Men nå lurer jeg på om jeg holder virksomheten hennes tilbake ved ikke å la henne bruke lokalet til ekstra sitteplasser, eller til å la kundene komme og sitte oppe på taket ..." Klirringen av glass fikk henne til å se rett ned på gårdsplassen nedenfor. Ved et gammelt piknikbord satt en gjeng backpackere og drakk øl. Så brukte en av dem ølflasken sin til å knuse en kakerlakk på bordet.

Octavia grøsset. Hun hatet kakerlakker. Hvis backpackeren hadde fått en ny plage av dem, måtte Tacey få Dave, deres vanlige skadedyrbekjemper, til å komme og inspisere kafeen for å forsikre seg om at ingen av kakerlakkene hadde slått seg ned her.

Hun blunket. Et øyeblikk syntes hun at en av ryggsekkturistene så ut som Taceys eks, Matt. Han som hadde gjort henne gravid med Rory og deretter forsøkt å drepe henne. Men denne fyren var bygget som en bodybuilder, og Matt hadde alltid vært litt ranglete. For ikke å snakke om at han satt i fengsel for drapsforsøk. Så med mindre han hadde en tvillingbror som trente, måtte det være en tilfeldighet.

Da han tok opp ølflasken, sprang kakerlakken av gårde, ikke død i det hele tatt. Matt ville ha drept den, som den psykopaten han var, i stedet for å la den gå.

"Octavia?"

For sent innså hun at Harlow hadde snakket med henne mens hun hadde dagdrømt om en mann som ikke fortjente et øyeblikk av hennes tid, enn si plass i hodet hennes. Harlow, derimot ... han hadde tatt henne med opp hit og hjulpet henne mer enn hun kunne si. Han fortjente all hennes oppmerksomhet.

"Unnskyld. Jeg tenkte bare på søsteren min og... ting. Hva var det du sa?"

Han la hodet på skrå. "Jeg spurte om navnet på kafeen. Jeg vet at mye har forandret seg mellom din og min tid, men på min tid ville det ha vært fryktelig uhøflig å kalle et sted for Shut Up Café. Jeg lurte på hvorfor hun valgte et slikt navn."

Octavia lo. "Å, teknisk sett valgte moren vår navnet, ikke vi. Tacey heter egentlig Tacita. Mamma trodde hun skulle få en gutt, og hun ville kalle ham Tacitus, som betyr stille på latin, men hun byttet det ut med Tacita da hun ble født som jente. Men når man sier det høyt, slik mamma sa det når hun var sint, høres det mer ut som tacete, som betyr å være stille, eller å holde kjeft. Det var en stående vits da vi vokste opp, for hvis mamma noen gang sa hele navnet hennes, ble Tacey helt stille fordi hun visste at det betydde at hun var i trøbbel for noe. Tacey ville kalle stedet Tacita's Café, så jeg påpekte at ingen noen gang ville uttale det riktig, og Callie lo og sa at vi bare skulle droppe latinen og kalle det Shut Up Café og bli ferdig med det. Sibyl sa at det fikk henne til å tenke at maten eller drinkene måtte være så gode at alle bare holdt kjeft for å nyte dem, eller at kafeen var et fint, stille sted å ta med seg laptopen på jobb. Dessuten het den fortsatt Tacita's Café, på en måte, bare et kult ordspill som bare en latinsk lærd ville forstå."

Harlow ristet bare på hodet. "Min bror Grant ville ha forstått det med en gang. Han lærte latin, selv om jeg aldri gjorde det."

"Har du en bror? Hvor er han nå?" Selv da ordene forlot leppene hennes, angret Octavia på dem. Harlow hadde levd for to hundre år siden. Broren hans var sannsynligvis død for lenge siden.

Harlow skar en grimase. Jepp, hun hadde virkelig tråkket i salaten. Octavia åpnet munnen for å be om unnskyldning for at hun hadde vært så ufølsom.

"Sist jeg så ham, var han på taket av huset ditt sammen med fetteren min, Wystan. Han voktet de andre kvinnene i familien din."

Octavia mistet munn og mæle. Var broren hans fortsatt i live? Og Wystan ... hvor hadde hun hørt det navnet før? Så slo det klikk. "Mener du at Wystan, monsteret som niesen min sa vokter henne, finnes?"

"Wystan er forpliktet til å beskytte den rødhårete, som jeg antar er søsteren din, Tacey. Kanskje han har utvidet sin beskyttelse til å gjelde datteren hennes også. Det vet jeg ikke. Jeg har ikke snakket med dem siden vi kom hjem til deg. Jeg har vært opptatt med å hjelpe deg." Men han ville ikke møte blikket hennes. Som om han skjulte noe...

"Så Tacey har noen som beskytter henne? Det er en stor lettelse. Jeg mener, vi hjelper henne alle så godt vi kan, og hun er helt alene om å være alenemor og bedriftseier i tillegg til å holde orden på alle oss andre og Bell House, men noen ganger tenker jeg at det hadde vært fint om hun hadde noen som kunne ta seg av henne, som kunne avlaste henne, som en ekte partner ..." Så fikk hun øye på Harlows ansikt og trakk seg unna.

Hun hadde aldri sett uttrykket hans så mørkt før, ikke engang da motorsyklistene angrep ham.

"Wystan mistet sin kone og datter kort tid før vi forlot Skottland for å komme til kolonien. Hjertet hans døde med dem, for han har sørget over dem hver dag siden. Det du foreslår er rett og slett ikke mulig, for det hjertet han en gang hadde, slår ikke lenger, ettersom han nå er en gargoyle. Jeg kan heller ikke si hvor god en beskytter han vil være, siden han ikke klarte å beskytte familien sin, som han elsket av hele sitt hjerte. Han er kanskje forpliktet til å beskytte søsteren din og datteren hennes, men han er ikke den mannen han en gang var. Selv etter at han kom til kolonien, falt han inn i forferdelige anfall av melankoli der han ikke snakket med noen, og det var tydelig at tankene hans var milevis unna. Kjærligheten til Effie, og så å miste henne, ødela noe i sinnet hans. Han kunne aldri elske søsteren din, eller være hennes ektemann."

Medlidenheten slo henne hardt. Stakkars Wystan, å miste hele familien sin. Men hvis det Rory hadde sagt var sant, så beskyttet han allerede Tacey og Rory, uansett hva Harlow sa. Men... ekteskap? Med en gargoyle? Var det i det hele tatt mulig?

"Gjør andre gargoyler det? Forelsker seg i mennesker og gifter seg med dem?" Tankene hennes snurret. Hvis de gjorde det, betydde det at de delte seng. Alle de steinharde musklene ... og hvordan ville barna deres være? Kunne gargoyler i det hele tatt få barn, eller skjøt de med løst skyts?

"Jeg vet ikke om noen som har gjort det", sa Harlow stivt.

"Ja, men ... hvor mange gargoyler kjenner du? Og hvor lenge har du vært en?" spurte Octavia.

"Jeg har vært en gargoyle i mindre enn en uke, som du vet, og jeg kjenner bare til tre andre - broren min og de to fetterne mine, som er forpliktet til å vokte de andre jentene som var på kirkegården den natten."

Så trolldommen hadde lykkes med å tilkalle en beskytter for Alethia likevel? Bra, for Octavia hadde fortsatt litt dårlig samvittighet for at hun hadde hjulpet til med å sette opp datingprofilen som hadde lokket til seg Alethias stalker.

"Så de eneste gargoylene du kjenner har vært gargoyler i mindre enn en uke, og de eneste kvinnene de har vært sammen med, er søsteren min, niesen min og de to kusinene mine?" presset Octavia på.

Harlow nikket.

"Ingen av dem ville giftet seg med en fyr de bare hadde kjent i noen dager. Callie ligger kanskje med ham, men det er mer sannsynlig at hun forbanner ham med noe fryktelig. Hvem av dem beskytter Callie?"

Harlow skar en grimase. "Min bror Grant er bundet til heksen. Jeg advarer deg, han kommer nok til å prøve å forføre henne, slik han sjarmerer alle kvinner, inkludert datteren til sin huslærer, sogneprest Jordan. Da sognepresten fant det ut, kastet han Grant ut av huset sitt, og det var kort tid etter at Wystan mistet kona si, så vi flyttet alle inn i hytta til Wystan sammen med ham, og ..." Han hostet. "Hvis kusinen din tilbringer for mye tid sammen med broren min, vil dyden hennes være i fare. Kanskje du burde advare henne."

Octavia kunne ikke annet enn å le. "Å, jeg tror det er mer sannsynlig at du bør advare ham. Hvis han gjør henne sint, kommer hun til å forbanne steinpikken hans, etterfulgt av vingene hans og alt annet han er spesielt knyttet til."

Det misbilligende uttrykket i ansiktet hans ble bare dypere. "Hvis Grant har vært tåpelig, fortjener han utvilsomt konsekvensene av det. Jeg kommer ikke til å redde ham igjen."

"Så du har reddet ham før?" Ut fra det hun hadde sett av Harlow så langt, ville hun trodd på det.

Harlow sukket. "Jeg prøvde. Jeg prøvde mange ganger, men Grant kom seg alltid ut av en knipe, bare for å falle enda dypere ned i en annen, helt til den kvelden da han ble drept under det illevarslende raidet. Jeg prøvde å redde ham da også, men jeg så aldri skytteren før det var for sent. For sent for ham, og for sent for meg."

"Vent... noen skjøt deg? Og broren din? Ble de noen gang siktet for det?"

Han løftet skuldrene i ett stort skuldertrekk. "Jeg vet ikke. Jeg har ikke hatt tid til å tenke over hvem som drepte oss, og slett ikke om rettferdigheten har skjedd fyllest. Mitt ansvar for å hjelpe og beskytte dere er viktigere." Han ristet på hodet. "Fortiden er ikke viktig."

Octavia var ikke enig. Men på den annen side var Harlows mordere sannsynligvis døde for lenge siden, uansett om de var blitt arrestert eller ikke. De ville sannsynligvis snudd seg i graven hvis de visste at mennene de hadde drept, levde i beste velgående i dag, beskyttet og kanskje til og med forførte dagens kvinner.

Vent ... var det det Harlow prøvde å gjøre med henne? Først vinne henne over med all historien hun ville ha, så forsvare henne mot alle motorsyklistene, og nå ta henne med opp på taket for å ha en romanse med henne under stjernene?

På et tidspunkt hadde han sluppet henne, så han hadde ikke lenger armene rundt henne, men det føltes likevel intimt å være alene med ham her oppe, der ingen kunne se dem. Kanskje bortsett fra gargoyle-statuen på taket på den andre siden av gaten, som så ut til å smile til alle.

"Hva med deg og min ... dyd?" spurte Octavia. Hun hadde ikke tenkt å fortelle ham at hun var jomfru. Hun hadde gjort den feilen med andre menn tidligere, og det hadde bare gjort dem mer ivrige etter å komme i buksa på henne. Som om det fantes en pris for å være først...

Harlow reiste seg opp. "Jeg er din beskytter. Så lenge jeg er sammen med deg, er du ikke i fare."

Ja, men det var det som gjorde ideen så spennende. Han var åpenbart bygget for å beskytte, med alle de musklene, så det var opplagt at han aldri ville skade henne. Han kunne være den beste elskeren en jente noensinne hadde hatt - perfekt for den første gangen, hvis man var litt nervøs og veldig bekymret og rett og slett livredd for graviditet etter det som skjedde med Tacey ...

Men hun kjente ham knapt. Og han hadde horn. Han var ikke engang et menneske.

Men hun veddet på at han ville være fantastisk i senga...

Octavia ristet på hodet. Hun kunne ikke fatte at hun i det hele tatt vurderte det, men nå som tankene hennes hadde fått tak i ideen, ville de ikke slippe taket. Blikket hennes sveipet ned til den lave linningen på joggebuksene hans, og dukket så lenger ned. Der var det en tydelig bule, synlig selv i de løse buksene. Så hvis han var proporsjonal overalt, betydde det at han var det der nede...

Octavia svelget. Han ville aldri få plass. Faen, han ville sannsynligvis skadet henne, hvis han var så stor. Nei. Nei, nei, nei, nei, nei, NEI.

Harlow tok et skritt mot henne, med hånden utstrakt og håndflaten opp. "Jeg lover at du ikke har noe å frykte fra meg. Jeg vil ikke skade deg, og jeg vil ikke la noen andre skade deg heller."

Octavia gjenkjente sannheten når hun hørte den. Og det var den - så lenge hun holdt seg unna pikken hans, ville hun klare seg fint. Så hun tok hånden hans og sa: "Kan vi gå ned igjen nå? Jeg må se om datamaskinen min er ferdig."

"Som du vil."

Sterke armer presset henne mot det muskuløse brystet hans, men det var bulen på magen som fanget oppmerksomheten hennes. Ville det virkelig være så ille? Både Callie og Tacey sa at større var bedre, og Harlow var enorm. Hvis de kunne gjøre det uten å skade henne, kanskje...

Hun hadde bare kjent ham i noen dager, og allerede tenkte hun på å ta ham med til sengs? Hun hadde kanskje ikke hallusinasjoner, men hun kunne likevel være i ferd med å bli gal. Octavia ristet litt på seg og så seg desperat rundt i studioet for å finne noe som kunne distrahere henne.

"Se, programvaren er installert. Nå trenger jeg bare å sette den opp..."

Han slapp henne og tok et skritt tilbake. Denne gangen merket hun det, og hun følte tapet, selv om det bare var for et øyeblikk.

Det var historien som tente lidenskapen hennes, og som vekket den til live. Ikke hete, harde menn med enorme kuker. I hvert fall ikke før...

Octavia bannet under pusten. Hun hadde falt for Harlow, hadde hun ikke?

# SYTTEN

"Gah, dette er umulig!" utbrøt Octavia og strøk hendene gjennom håret i frustrasjon. Hun måtte ha gjort det ofte, siden det var lite motstand, og hun husket svakt at hun hadde flettet det tidligere. Fletten og det hun hadde bundet den med, må ha løsnet for flere timer siden.

"Kan jeg være til hjelp?" spurte Harlow.

Alltid med gode manerer og høflige ord. Hun lurte på om han i det hele tatt kunne noen banneord - hun hadde aldri hørt ham si noen.

"Jeg trenger to ting - Sean Bell og møllen, og det finnes praktisk talt ingenting om noen av dem! Ikke et eneste bilde eller opptegnelser jeg kan bruke som referanse, bortsett fra en anmerkning på det originale skjøtet for Bell-eiendommen om at han ankom på *Hooghly*, og at dette var landbevilgningen hans, gitt ham av guvernøren i stedet for den han var lovet av Peel. Men han står ikke på passasjerlisten, og heller ikke på passasjerlistene for *Gilmore* eller *Rockingham*, eller noe annet skip som ankom før 1835. Likevel står navnet hans på et landlovsbrev og en vigselsattest da han giftet seg med Carline Steel!"

Harlow stivnet. "Giftet han seg med Carline Steel?" Han tok en lang pause. "Jeg antar at hvis Stan døde og ikke fikk henne, så må en annen mann ha fått henne. Jeg har bare aldri trodd ..." Han ristet på hodet. "Kall meg gjerne feig, men jeg har ikke lyst til å være den mannen som forteller Stan at kvinnen han elsket, har giftet seg med en annen mann."

Octavia måtte innrømme at hun heller ikke ville ønske det. Så gikk det opp for henne ... "Stan er fetteren som beskytter Alethia, ikke sant? Jenta som ikke bor i Bell House sammen med oss?"

Harlow nikket. "Han gjorde krav på henne først."

Som varulver med sine skjebnefrender? Det hø rtes... litt skummelt ut, men også litt sexy. Kanskje hun virkelig holdt på å bli gal.

"Vel, slik jeg kjenner Alethia, og han ba henne om å finne Carline, ville hun ha gjort nettopp det. Jeg elsker historie og å gjøre folk oppmerksomme på den, men Alethias fokus ligger på å finne ting, grave dem opp. Det er derfor hun studerte arkeologi. Så hvis han er sammen med Alethia, vet han det sannsynligvis allerede." Octavia slo armene rundt seg selv. Å, for en hjertesorg fyren måtte føle. Hun kunne nesten ikke bære det, og hun hadde aldri vært forelsket. Men det var ikke Carline eller Stan hun ville vite mer om akkurat nå. Hun skulle lete etter... "Sean Bell. Hva vet du om ham? Han var på skipet med deg, ikke sant?"

Harlow ristet langsomt på hodet. "Jeg kan ikke huske noen med det navnet om bord på *Hooghly*, eller i Hooghly Town etter det. Min første tanke er at han var om bord på *Gilmore* og døde før vi ankom, men du sier at han giftet seg med en av dine forfedre i 1835, så det virker ikke mulig. Med mindre han kom med *Rockingham* i stedet. Det skipet forliste i en annen bukt lenger sør, og de slo leir der i stedet for hos oss." Han bredte ut hendene. "Tilgi meg, men jeg kjenner ikke denne Sean Bell i det hele tatt. Jeg kan ikke hjelpe deg."

"Kanskje han gikk under et annet navn, eller kom med et annet skip, men noe skjedde, så han måtte pynte på detaljene, ellers ville det ha blitt bråk. Jeg skal prøve igjen senere. Jeg antar at vi ikke har kommet noen vei med ham for øyeblikket." Hun fant frem de tre bildene hun hadde, og la dem ved siden av hverandre. "Har du noen gang sett møllen ved Point Belches? Vi kaller den Old Mill nå, men jeg kan tenke meg at den må ha vært ny da. Jeg har tre bilder: Garling i 1827, Wittenoom i 1839 og Blundell i 1843. Problemet er bare at den nåværende møllen, den på de to siste bildene, ikke ble bygget før i 1835, men den ble visstnok plyndret i 1834. Så enten har det stått en tidligere mølle på stedet, eller så var denne i bruk et år før den ble offisielt åpnet, mens de fortsatt holdt på å bygge den, eller ... jeg vet ikke." Hun vred hendene. "Jeg vet at du for det meste bodde nede forbi Woodman Point, men er det noen sjanse for at du husker møllen?"

Et trist smil stjal seg over ansiktet hans, og hjertet hennes sank.

"Det gjør du vel ikke?" spurte hun.

"Å, jeg husker møllen veldig godt. Det er sannsynligvis mitt siste, klareste minne fra den tiden. Men jeg er bonde, Octavia. Bilder er vel og bra, men for å virkelig vise deg hva jeg husker, må jeg ha føttene på jorden. Hvis du tar meg med dit, skal jeg fortelle deg alt jeg vet, og da vil du få vite hvordan møllen ble ranet i 1834."

Octavia grep nøklene sine, så tenkte hun seg om et øyeblikk og grep også kameravesken og telefonen. "Kom, så går vi."

De kjørte i stillhet det meste av veien, helt til elven kom til syne.

Harlow pustet ut. "Er dette din tids Swan River?"

Alt ville ha vært mørkt på hans tid. To millioner mennesker, elektrisitet, og to århundrer senere ... hun kunne ikke forestille seg hvor ugjenkjennelig det ville være for hans øyne.

"Det er Melville Water. Langs kantene, hele veien fra Darling Scarp til havet, sørover til Mandurah og nordover til ... jeg er faktisk ikke sikker på hvor langt nord byen går nå, men i hvert fall opp til Alkimos ... det er alle forstedene til byen Perth. Det bor to millioner mennesker her, og ytterligere en million spredt rundt i delstaten." Hun grep hånden hans og klemte den. "Alt dette er muliggjort av folk som kom hit for et par hundre år siden og så mulighetene som lå i Swan River. Folk som deg og mine forfedre."

Harlow ristet bare på hodet. "Ingen av oss hadde forestilt oss noe slikt. Denne byen ville konkurrere med London ..."

Octavia skjulte et smil. "London på din tid, definitivt. Da bodde det mindre enn to millioner mennesker der. Nå tror jeg det er syv eller åtte millioner."

Mer hoderisting. "Den største byen jeg noensinne har sett, var Glasgow."

"Jeg tror det er omtrent like stort som Perth. Kanskje litt mindre. Det må jeg slå opp."

"Og broene over elven", pustet han. "Med tog!"

Linjen Perth-Mandurah så virkelig vakker ut, opplyst på den måten, mens toget kjørte langs motorveien.

Han hadde fortsatt ikke sluppet hånden hennes. Heldigvis var ikke bilen hennes manuell, så hun kunne fint kjøre med én hånd.

"Og der er Old Mill," sa hun lavmælt, idet det godt opplyste, hvite tårnet kom til syne, overskygget av det enorme furutreet ved siden av. "Det er fargede lys på treet, men de tenner dem bare rundt juletider. Da blir det det største juletreet i hele byen."

Hun tok avkjøringen og kjørte under Narrows Bridge.

"Byen ... tårnene!"

Selv hun fikk pusten i halsen da hun så det opplyste CBD gjenspeile seg i elven om natten. "Når det er stille om natten, kan du få de mest fantastiske bilder her. Langs hele South Perths strandlinje, faktisk. Noen ganger til og med med delfiner." Hun hadde sett delfinene en eller to ganger, men aldri klart å fotografere dem. Naturfotografering var egentlig ikke hennes greie. Mennesker og steder, javisst, men alt som beveget seg raskt og ikke gjorde som det ble bedt om ... ja, det hadde hun ingen sjanse til å få et bilde av.

"Du ville ha sett dem den kvelden på kirkegården, på nært hold", sa hun langsomt.

Harlow nikket. "Ja, men det er annerledes fra luften. De er der nede, og du prøver å finne deg til rette med vingene dine og det å være i live, og trangen til å beskytte ... Jeg hadde ikke tid til å stirre på byen den gangen, slik jeg har nå."

Å se ting fra luften før bakken ... og å vite så mye om fortiden, for så å våkne opp i denne fjerne fremtiden som en helt annen skapning ... det var merkelig nok bare å tenke på det. Octavia kunne ikke forestille seg hvor mye vanskeligere det måtte være for Harlow.

"Vi kan parkere bilen her, hvis du vil, så du kan ta det inn over deg. Eller vi kan gå opp til toppen av broen, så får du bedre utsikt." Det var ikke slik at hun trengte at han husket alt om møllen akkurat nå. De hadde hele natten på seg.

"Her... er bra."

Så hun parkerte bilen under broen, nikket til fiskerne som hadde slått leir langs kanten, og førte Harlow opp trappene til gangstien på siden av Narrows Bridge. Han stirret rundt seg, fortsatt uten å si noe, og prøvde å orientere seg.

Octavia tok frem telefonen og fant en kompass-app. "Den veien er nord." Hun pekte. "Det er den veien vi kom fra, med Melville Water der borte, og hvis du fortsetter å følge elven, er det veien tilbake til Fremantle. Det er Mount Eliza, som vi kaller Kings Park. Perth City, selvfølgelig, og Perth Water hele veien opp til Heirisson Island, der det nå er en bro over elven også. Dette er Narrows Bridge, mellom Perth City og South Perth, som ligger langs hele kysten her." Hun visste ikke hva mer hun skulle peke på.

"Og det er møllen, som dere kaller den gamle møllen, selv om den er ny for meg. Den møllen som sto på det stedet i min tid, var laget av tre, ikke hvitkalket stein." Harlow pekte langsomt på hvert av uthusene. "Ingen av disse var her. Den eneste permanente strukturen var selve møllen. Mølleren og søsteren hans sov i et telt der borte." Han pekte over broen, mot båtrampen. "Det var der båtene lastet og losset hvete og mel, men William Steel fortøyde sin egen båt i mølledammen, som var åpen mot elven på den tiden." Han svelget. "Det var der vi tok inn båten vår også, men vi dro den i land og gjemte den i buskene. Det skulle være enkelt, et raskt raid. Inn og ut og vekk, uten at noen skulle få vite noe. Det var Stans idé, men Grant og Wystan gikk med på det. Jeg ble bare med for å hindre dem i å havne i trøbbel, og du kan jo se hvor godt jeg klarte det." Han slapp ut en bitter latter. "Litt av en beskytter jeg var."

Octavias blod ble kaldt. "Hva er det du sier?"

Han pekte på et område med busker. "Det var busker der da også. Det var der vi gjemte oss mens vi ventet på at William Steel skulle dra. Vi var tre stykker som plyndret mølla, mens Stan gikk for å hente Carline. Men det var en bevæpnet mann i møllen, og vi så ham ikke før det var for sent, og han hadde allerede skutt Grant. Jeg løp ut for å dra ham i sikkerhet, og han skjøt meg også. Jeg så ikke hva som skjedde med Stan eller Wystan, men siden de reiste seg som gargoyler sammen med meg, kan jeg bare gjette at de også døde. Noen begravde oss på kirkegården der du vekket oss."

Skrekken stjal stemmen hennes. "Mener du at det var her du døde?" Ordene hennes kom ut som en hvisking.

Harlow bøyde hodet. "Der døde vi alle fire på grunn av en dum plan vi hadde funnet på i en taverna. Vi skulle ha vært på vei hjem for å begynne å bygge på landområdene våre, som vi endelig hadde fått samme dag, men vi var idioter. Alle sammen. Og nå... har vi ingenting. Ikke livene våre eller jorden vår, og verden har forandret seg så mye at det ikke er plass til fire bønder fra den tidlige kolonitiden, bortsett fra for å tilfredsstille nysgjerrigheten til historikere som deg."

"Å, Harlow..." Hun kunne ikke noe for det. Hun klemte ham.

Bare for å bli skjøvet bort av ham. "Jeg fortjener ikke din medlidenhet. Hørte du ikke hva jeg sa? Vi var tyver, eller potensielle tyver, som ble skutt for å beskytte møllerens eiendom. Hvis vi ikke hadde blitt drept, ville vi ha blitt sendt til Van Diemen's Land som fanger."

"Men det finnes ingen dokumentasjon på noe av det. Det var ett raid på møllen, og guvernøren brukte det som begrunnelse for Pinjarra-massakren, der Peel og kompisene hans dro ned til Murray-elven og slaktet aboriginske menn, kvinner og barn. Jeg har sett det på skiltene inne på fabrikken..." Skilt som alle befant seg inne i det inngjerdede komplekset som beskyttet møllen mot nattlige besøkende. Octavia sukket.

"Vis meg."

"Skiltene står innenfor sikkerhetsgjerdet. Det er bare åpent noen timer i uken, på bestemte dager. Jeg går tilbake i løpet av uken, når det er åpent, og tar bilder av alle skiltene for deg."

"Eller vi kan gå nå."

Armene hans omsluttet henne, før vingene hans spredte seg på hver side av dem, og de svevde opp i luften ... over gjerdene, for å stå foran de lukkede dørene til selve møllen.

"Vi kan ikke være her inne!" hveste Octavia. Hvis noen tok dem, ville de bli arrestert.

"Vis meg disse tegnene, så skal jeg fly oss ut herfra," sa Harlow.

Hun marsjerte forbi to skilt før hun fant det hun var ute etter. "Der." Mens Harlow leste det, tok hun et bilde med telefonen, og gikk så tilbake og fotograferte de andre også. "På dette står det at den første møllen ble ødelagt i en brann."

"Det var ikke meg. Det siste jeg så før jeg lukket øynene for siste gang, var møllen, som fortsatt sto."

Men det var viktig, det var hun sikker på. Hun visste ikke hvorfor eller hvordan, eller hvor det passet inn i den store sammenhengen, men det var noe med ilden som pirret intuisjonen hennes, eller hva man nå kalte det når en idé ikke ville slippe taket.

"Hei, du har ikke lov til å være der inne!"

Faen. Sikkerhet.

To leiebetjenter i en kombikupé som var mindre enn Octavias, med lysende fakler som sannsynligvis fungerte som batonger, når de ikke lyste henne rett i øynene og blendet henne.

Harlows armer slo seg rundt henne igjen, og han hoppet opp i luften.

# ATTEN

Harlow visste at han ikke fortjente gleden han følte ved å holde Octavia i armene sine, men akkurat nå brydde han seg ikke om det. Han skulle holde henne og fly med henne og beskytte henne, alt på én gang.

Mennenes fakler fulgte etter ham i luften, så han kastet seg bak møllen, der de ikke kunne se ham, og svingte så til høyre for å gli inn mellom grenene på det mørke furutreet. Han landet der en spesielt tykk gren møtte stammen, bred nok til at Octavia kunne stå med begge føttene, mens han bredte ut vingene for å skjule henne. Ingen skytter ville treffe Octavia i kveld - og kulene ville ikke skade ham nå heller.

Det gikk en evighet, virket det som, mens mennene diskuterte hva de hadde sett, og om de skulle gå inn på området for å lete etter inntrengere. Ingen av dem hadde nøkler til porten, viste det seg, og ingen av dem trakk våpen heller, så da de var ferdige med å krangle, satte de seg inn i den lille bilen igjen og kjørte av gårde, om enn svært sakte.

"Jeg tror de er borte. Jeg kan ikke engang se lyset fra frontlyktene deres rundt hjørnet lenger," sa Octavia.

"Vil du at jeg skal fly deg ned?" spurte Harlow.

"Ja, det hadde vært fint. Jeg er ikke så flink til å klatre i trær, og dette er veldig høyt." Hun svelget.

"Noen minutter til, for å se om de kommer tilbake. Hvis jeg var ansvarlig for å patruljere et sted som dette, ville jeg gått tilbake for å fange forbryterne akkurat når de trodde de var i sikkerhet."

Egentlig ville han aldri ha tenkt på noe slikt hvis han ikke hadde sett det på et av TV-programmene Octavia og niesen hennes så på.

Og så kunne han holde henne i armene litt len ger...

Til slutt kunne han ikke utsette det lenger, og han lot dem gli ned til gangstien ved siden av Octavias bil. Mens de fløy, hadde armene hennes lagt seg rundt halsen hans, og han ville ha gitt hva som helst for å beholde dem der. Kroppen hennes var så myk og varm og deilig...

Men leppene hennes på kinnet hans var enda mykere, så vakre at han fikk pustebesvær. "Jeg synes du er en utmerket beskytter. Du kan umulig ha tenkt på alt, og du sa at det ikke engang var din idé. Man kan ikke beskytte idioter mot deres egen dumhet. Det er Murphys lov, ikke sant? At hvis det finnes mer enn én måte å gjøre noe på, vil noen, et eller annet sted, finne en måte å gjøre det på som er så fullstendig feil at det vil resultere i en katastrofe."

"Jeg har aldri hørt om en slik lov."

Octavia lo lavmælt. "Kanskje det var etter din tid. Uansett, du sa at du ventet til mølleren var borte og bare Carline var hjemme. Du kunne umulig ha visst ... å!"

"Hva er det? Er du skadet?"

Hun ristet på hodet. "Det er Carline Bell vi snakker om, ikke sant? En skarpskytter med rifle, som tok imot ubudne gjester på trappen med et gevær ved siden av seg. Hun var en legende i kolonien. Hva om hun var skytteren, og det ikke var noen andre? For en kvinne alene her ute, ville selv jeg vært tilbøyelig til å skyte først og stille spørsmål senere. Kanskje hun skjøt dere og tok likene deres med ut på kirkegården for å begrave bevisene, og det er derfor ingen visste om raidet."

Harlow kunne bare riste på hodet. "Carline var bare en liten jente. Hun kunne aldri ha båret én av oss noe sted, og slett ikke alle fire. Det var kanskje hun som skjøt meg, men hun må ha hjulpet til med å ro likene opp elva til kirkegården og begrave dem."

"Broren hennes, kanskje? Du sa hun hadde en bror. Og det var Sean Bell, husker du. Hun giftet seg med ham omtrent da. Kanskje han hjalp henne også."

Harlow var ikke sikker på om han følte seg bedre eller verre, vel vitende om at han sannsynligvis hadde blitt drept av kvinnen de hadde kommet for å bære bort. De hadde ikke hatt til hensikt å skade henne ... alt Grant hadde vært ute etter, var melet i møllen. Stan ville ha behandlet henne som enhver stjålet brud i Skottland. Det var en så gammel tradisjon at det aldri hadde falt noen av dem inn at hun kunne motsette seg å bli stjålet.

"Tåper. Vi var så dumme", sa Harlow.

Og han var den største idioten av alle ... ikke for det han hadde gjort den gangen, men for tankene han ikke klarte å fordrive nå. Tankene på Octavia i armene hans, uten klær mellom dem. Å stjele henne for å få sin egen brud...

Hvis hun bare ville gå med på det og ikke gjøre som forfedrene sine og prøve å skyte ham.

# Nitten

Himmelen var allerede blitt lysere da Octavia kjørte opp utenfor Bell Cottage, men hun ville ikke skilles fra Harlow. Hun lengtet etter å kjenne armene hans rundt seg igjen, og hun syntes ikke at han burde være alene akkurat nå. Ikke med alt det han hadde avslørt i kveld...

Men mens hun fortsatt kjempet med tanken på om hun skulle invitere ham inn, hadde Harlow allerede tatt avgjørelsen for henne.

Han bøyde seg. "Til i morgen kveld, Octavia. Hvis du får bruk for meg, skal jeg søke ly i den ødelagte hytten."

Carlines hytte. Det siste stedet han burde være, etter å ha fått vite at det sannsynligvis var hun som hadde skutt ham.

Men han hadde allerede dratt, og daggryet nærmet seg. Hun kom for sent. Hvis hun bare hadde hatt mot til å si hva hun ville på veien hj em...

Men hun kunne ikke engang si ordene i hodet, og slett ikke høyt. Fordi de var gale, selvfølgelig.

Hva slags gal person ville ta med et monster til sengs, for ikke å snakke om å gi ham V-kortet sitt?

Alt dette var hans feil, han som var så heltemodig. Da han hadde fløyet henne opp i treet og holdt henne fast med den harde kroppen sin presset mot hennes, hadde hun ikke kunnet tenke på annet enn å klatre i ham som i et tre. Da han hadde fått henne ned på bakken igjen, var undertøyet hennes gjennomvåt, og hun ville ikke slippe ham. Hadde det ikke vært en gjeng fiskere under broen, ville hun kanskje ha gitt etter for lysten til å kline med ham i bilen.

Og nå var hun her, alene hjemme, på vei til å legge seg alene, men det var umulig å ignorere de klissvåte trusene eller den dype smerten inni seg.

Selv om hun ikke kunne si ordene, visste kroppen hva den ville ha: Harlow, på alle mulige måter.

Kanskje det var på tide å ta vibratoren ut av esken og faktisk bruke den.

Hun hadde kjøpt den etter å ha snakket med et par jenter på et annet gruveanlegg. De hadde sørget over at de ikke kunne ha et normalt forhold til noen, siden de måtte tilbringe så mye tid på gruveområdet, og så hadde en av renholderne fortalt dem at de ikke trengte en mann for å bli lykkelige - de burde gjøre som de amerikanske jentene og kjøpe en vibrator. Garanterte orgasmer, og så slapp man å vaske sokkene til noen andre eller høre på at han skulle mansplaine noe som helst. Så Octavia hadde kjøpt en på veien hjem, men den infernalske innretningen lå fortsatt i esken, i den nederste skuffen ved siden av sengen hennes.

Hun hadde tatt den frem en gang, men den hadde sett så stor og skremmende ut. Det hadde ikke hjulpet at hun hadde kjøpt en sølvfarget, i stedet for en smaragdgrønn eller de enda mer skremmende kjøttfargede.

Nå, i det svake morgenlyset, så den mer grå enn sølvfarget ut. Som steinhuden til en gargoyle. Og større enn hun husket.

Hun satte den på laveste innstilling og lot den summe i hendene et øyeblikk, før hun førte den til toppen av lårene. Det brummende hodet pirret klitoris, så hun presset den litt hardere mot seg selv, helt til hun måtte bite seg i leppen for ikke å skrike da den første orgasmen kom.

Nå forsto hun hva de andre jentene hadde ment med garanterte orgasmer. Hun trengte ikke engang å dytte den inn i seg for å føle... for å føle...

Den andre tok lengre tid enn den første, men den ble raskt etterfulgt av en tredje. Om hun ikke hadde vært klissvåt før, så var hun det definitivt nå. Men nå lengtet hun enda mer etter å kjenne Harlow inni seg, når alt hun hadde var denne pikkformede innretningen og en flaske glidemiddel hun ikke var sikker på om hun trengte akkurat nå.

Hun vurderte om hun skulle legge bort vibratoren og legge seg til å sove, eller om hun skulle prøve å tilfredsstille kløen Harlow hadde etterlatt henne med.

Hun hadde tatt den ut av esken. Hun kunne like godt prøve alle funksjonene før hun la den tilbake...

Men så modig var hun ikke. Hun holdt hodet mot klitoris og kjente en ny orgasme bygge seg opp. Ville sex med Harlow være så bra? Eller ville hennes første gang gjøre vondt, slik det gjorde for de fleste jenter? Kanskje han ville være villig til å ta det sakte. Bare gni klitoris til hun virkelig gispet etter ham, og så...

Hun kjente den fjerde orgasmen bygge seg opp, og hun visste at hvis det var Harlows hender på henne, ville hun ikke ønske at han skulle stoppe. Hun ville ønske at han tok henne, at han tok alt, mens han ga henne det ene rushet av nytelse etter det andre. Hvis hendene hans var på henne nå, og ga henne denne orgasmen, ville hun trygle. Tryglet ham om å støte dypt...

Før hun mistet kontrollen helt, førte hun vibratoren inn. Sakte, for hun var ikke engang sikker på om den ville passe, og hun hadde ikke brukt glidemiddel, og det kunne gjøre vondt og ...

Å. MIN. GUD.

Da hun hadde presset den helt inn, kolliderte en liten vibrerende knott i bunnen med klitoris. Sammen med hele den brummende lengden som strakte henne innenfra, kunne hun ikke motstå å bli katapultert inn i stratosfæren. Hun måtte legge en hånd over munnen for å dempe skriket sitt.

Et øyeblikk lå hun der, hjelpeløs, og så fortsatt stjerner, helt til hun kjente enda en orgasme bygge seg opp. Kroppen hennes føltes slapp, utslitt, og likevel ønsket hun dette mer enn noe annet hun noen gang hadde ønsket før. Hun ville ha alle orgasmer Harlow kunne gi henne. Med hendene og den harde pikken og kanskje til og med munnen hans...

Den neste, skjelvende orgasmen fikk tårene til å trille. Mer enn noe annet ønsket hun å føle dette med Harlow, ikke med en batteridrevet plastbit.

Med skjelvende hender slo hun den av og lot den gli ut av henne og ned på sengen. Det hadde vært ... fantastisk og skuffende på samme tid.

Hun tørket av vibratoren og la esken bakerst i skuffen, og sverget på at hun aldri skulle bruke den igjen. For til tross for alle orgasmene hadde hun fortsatt vondt, og hun visste innerst inne at ingen andre enn Harlow kunne lindre den smerten. Monsterbeskytteren hun ønsket seg mer enn noen annen, hvis han bare ville ha henne.

# TJUE

Neste kveld hadde Octavia klart å få hormonene under kontroll. Eller det trodde hun i hvert fall, helt til hun satt i studio sammen med Harlow og forsøkte å konsentrere seg om å lage piloten til den lille virtuelle verdenen sin. Som med den opprinnelige piloten hadde hun forsøkt å fokusere på Fremantle, men jo mer hun tenkte på det, jo mer ville hun ha med møllen og Clarence eller Hooghly Town, eller hva stedet nå het, også.

Harlows hånd dukket opp over skulderen hennes. "Du burde gjøre teltene mer brune. Lerretet var kremfarget til å begynne med, men under et tre, der bladene falt eller når det regnet, begynte de å bli brune. Akkurat som Svaneelva, når du ser den på nært hold."

Octavia nikket og prøvde å la være å tenke på hva mer hun ville at Harlow skulle gjøre med den hånden. Med begge hendene hans, og alle andre deler av ham.

Det hadde ikke hjulpet at hun hadde drømt om ham også, og drømmene hadde vært langt mer grelle enn noe hun hadde forestilt seg.

Så med ham så nær nå, drev det henne til vanvidd av begjær. Eller begjær. Eller en annen uforklarlig trang til å hoppe på ham. Hun hadde aldri forstått uttrykket før, men nå som hun ville ha det, ga det perfekt mening.

Til slutt ristet hun på seg. "Kan vi dra ut til Hooghly Town igjen? Jeg vil gjerne ta noen bilder som jeg kan bruke til topografien, som grunnlag for bakgrunnen før jeg prøver å gjenskape byen, og hvis du kan fortelle meg hva som var hvor mens jeg gjør det, kan jeg ta opp kommentarene dine, slik at jeg kan jobbe med dette på dagtid når du ikke er her også."

"Hvis det er det du ønsker, så er det det vi skal gjøre."

Leste han tankene hennes eller noe? For ønskene hennes var definitivt langt forbi en PG-klassifisering og sank raskt ned i R-territoriet. Hun ba til Gud om at han ikke kunne lese tankene hennes.

"Akkurat. Bare la meg hente kamerautstyret mitt og et stativ, så kan vi dra." Hvis hun var heldig, ville den friske havbrisen blåse litt fornuft inn i hodet hennes. Eller i det minste blåse noen av de lystne tankene ut av det.

Fullmånen sto fortsatt høyt på himmelen da de kjørte inn på parkeringsplassen, og sølvfarget landskapet som tidlig morgenfrost. Med så klar himmel en vinternatt kunne det godt hende at det var frost i morgen tidlig.

"Vær så snill og lov at du ikke forsvinner fra meg denne gangen," sa Octavia.

"Jeg kan ikke be nok om unnskyldning for det. Jeg skal aldri la daggryet komme snikende igjen. Her, la meg bære dem for deg." Han holdt ut armene.

Hun ga fra seg stativet og, etter et øyeblikks nøling, den tyngste av de to veskene sine. Så tok hun en pause for å ta på seg selen som holdt actionkameraet, og slo det på. Nå ville hun i det minste ha en oversikt over hva Harlow hadde fortalt henne om hva som en gang hadde skjedd her, så hvis bildene hennes i kveld ikke ble bra, kunne hun komme tilbake i dagslys for å ta dem på nytt.

Kirkegården var deres første stopp. Hun hadde lest om den i arkeologirapportene, men det var noe annet å stå der i den elendige skålen hvor havbrisen ikke nådde frem, mens Harlow fortalte henne om mennene, kvinnene og barna han hadde begravd under den gylne sanden.

Nå forsto hun hvorfor han ikke hadde klart å flytte seg fra dette stedet første gang. Det tok ikke lang tid før hun ikke engang kunne se kameraet for tårene som rant nedover ansiktet hennes. Alt på grunn av Thomas Peel og hans begjær etter rikdom hadde han ført dem hit til deres død, uten å bry seg om deres situasjon på et sted som ikke var slik han hadde lovet.

På grunn av sin innbilskhet og uaktsomhet hadde Peel myrdet disse menneskene. Octavia ønsket bare at han fortsatt var i live, slik at han kunne bli stilt for retten, men det ville være to hundre år for sent for disse menneskene.

"Hva slags gravsteiner ga dere dem?" spurte hun. Det var en ting som ikke hadde stått i noen av rapportene, og hun hadde alltid lurt på det.

"Kors av tre, for det meste, eller av skjell, som ble lagt over graven. Det var ikke mye stein å oppdrive, og ingen penger til å sende en steinhugger til Fremantle for å hugge ut en skikkelig gravstein. Peel visste at han skyldte dem det, men det eneste han brydde seg om, var det landet han mente guvernøren skyldte ham, og som han mente han var blitt snytt for, og det var det han fortalte oss. Det var først da noen av guvernørens menn kom til leiren som svar på de mange brevene folk hadde sendt, for å se elendigheten med egne øyne, at vi fikk vite sannheten. Peels skip hadde ankommet sent, flere uker etter den datoen de skulle komme, så han var heldig som i det hele tatt fikk noe land, for ikke å snakke om de acres han hadde mistet på grunn av forsinkelsen." Harlow ristet bare på hodet.

"Jeg lurer på hvordan den tidlige kolonien ville ha sett ut hvis bosettingsordningen hadde blitt ledet av en bedre mann enn Peel. Noen som kunne ha fått det til å lykkes. Da hadde vi kanskje aldri hatt straffanger, eller mange av de andre feilene som ble begått i koloniens første femti år," sier Octavia.

Harlow trakk på skuldrene. "Det er noe for lærde som deg å tenke på, ikke en enkel bonde som meg. Jeg kan bare fortelle deg hva som skjedde, slik jeg husker det."

Octavia ristet på hodet. "Jeg er lei for det. Jeg mener ikke å høres utakknemlig ut. Informasjonen du har gitt meg er langt mer enn jeg noen gang kunne ha håpet på. Detaljer ingen andre vet ... ting ingen andre kunne ha visst uten å stå her, i den tiden. Du er en skatt, Harlow. Langt mer enn bare en simpel bonde, for du er nå den fremste eksperten på alt som skjedde på landsbygda for to hundre år siden."

Harlow fnøs. "Ikke vær så fri med komplimentene ennå. Du har ikke sett huset vi bodde i. Det var ikke stort mer enn et telt, egentlig ..."

Han førte henne ut av kirkegården og videre langs stien, drevet frem av brisen i ryggen.

# Tjueen

Harlow pekte på noe som så ut som en haug med skjell og kalkstein som var støpt sammen med sand, og forklarte at betongen i virkeligheten var kalk laget av brente skjell, som han og broren hadde brukt til å lage et solid gulv som de hadde satt opp et stort lerretstelt på. Sammen med de andre mennene fra *Hooghly* hadde de slått seg sammen for å bygge en rekke hytter, alle med gulv av kalksteinsskjell og ildsteder som var bygget hver for seg langs veien, for de hadde allerede opplevd to skogbranner som var uforsiktig påtent av andre nybyggere, og de hadde ikke lyst til å oppleve en til.

Han stoppet opp og forventet at Octavia ville ha tusen spørsmål, som han gjerne ville svare på for henne hvis det sto i hans makt, men hun rynket pannen ned på det lille nettbrettet hun kalte telefonen sin. "De idiotene," mumlet hun.

"Hvem? Hva har skjedd?" spurte han.

Octavia blunket. "Unnskyld, jeg fikk nettopp en oppdatering på telefonen min fra en av studentgruppene. Idiotene som lager en musikal for å feire Peels liv, fikk i dag beskjed om at Rådet for tohundreårsjubileet har godkjent stipendet deres. Alle gratulerer dem og sier at de gleder seg til å se forestillingen. Det betyr at alle kommer til å gå og se den, i den tro at Peel er en usunget helt, og hvis de i det hele tatt ser prosjektet mitt, vil de ikke tro det. I stedet vil de beskylde meg for å lyve og prøve å ødelegge meg på sosiale medier."

Alt det harde arbeidet hun hadde lagt ned i å fortelle sannheten om historien, bare for å bli beskyldt for å lyve om den? Nei, Harlow ville ikke tillate det. Han ville beskytte henne mot dette også. "Da er det bare én ting du kan gjøre, ikke sant?"

"Det er det?"

"Du må vise alle den virtuelle verdenen din før stykket er klart, slik at når de kommer til stykket, kjenner de allerede den virkelige historien."

"Men...stipendet...og støtten fra Bicentennial Council..."

"Det er ni år til 200-årsjubileet, hvis du mener to hundre år fra 1829. Du vil sikkert ha dette klart lenge før det. Finnes det ikke andre måter dere kan vise det til verden på? Det er så mye tilgjengelig på internett. Jeg har sett miraklene du utretter med bare telefonen din, informasjonen du kan finne nesten umiddelbart. Kan du finne en måte å vise folk din virtuelle verden på internett?"

Octavia så tankefull ut. "Det var det jeg opprinnelig hadde tenkt, før jeg hørte om tohundreårsjubileet og stipendene de tilbød. Men ja, det finnes andre måter. Jeg kan gjøre innholdet til et spill, og gi det ut på Steam eller en annen nettbasert plattform, som den oppslukende overflyvningen av antikkens Roma. Det finnes også crowdsourcing-nettsteder, men da må jeg spørre Rochelle om råd om markedsføring for å få dem til å fungere, og jeg må fortsatt ha en pilot som folk kan prøve før de gir meg pengene sine."

"Vil vennen din hjelpe deg?" Det ville han selvfølgelig, men det eneste han kunne hjelpe henne med, var historien. Å bruke moderne teknologi som et av menneskene på hennes tid var ikke noe han var god til.

"Rochelle skylder meg en tjeneste for at jeg lot henne bo i studio da jeg var nordpå og hun hadde problemer med eksen sin. Hun er også flink med kameraet, og hun kan en del av programvaren, så hvis hun hadde tid og lyst, kunne hun kanskje hjelpe til. Men det er begrenset hvor mye kamer-aarbeid som kan gjøres for dette prosjektet. Som du sa i går kveld, har så mye av Perth forandret seg at det er vanskelig å se noe av hva det var i de tidlige dagene. Det jeg virkelig trenger, er en kunstner som kan tegne det du husker, godt nok til at det kan digitaliseres. Jeg kan spørre Ben, Rochelles nye kjæreste, om han er interessert. Han jobber på kafeen som Taceys huskunstner om kveldene, så jeg kan spørre ham neste gang han er innom ..." Octavias øyne festet seg på Harlows ansikt, og hun strålte. Så kastet hun armene rundt halsen hans. "Takk skal du ha! Jeg tror faktisk dette kan fungere, takket være deg!"

Han åpnet munnen for å si at hun var hjertelig velkommen, eller at det ikke var noe, for han ville gjøre hva som helst for henne, men det kom ingen lyd ut. I stedet kysset han henne.

# Tjueto

I det øyeblikket leppene hans berørte hennes, stoppet tiden. Det var ingen og ingenting annet - bare de to i måneskinnet, med en verden av lengsel som hun endelig skulle få tilfredsstilt. Hun hadde nesten forventet at han skulle føles som stein eller en statue, men han var helt og holdent mann - varm og hard og sterk, overalt der hun trengte ham. Og hendene hans ... han holdt henne som om hun var laget av dyrebart porselen ... men også som om han aldri ville gi slipp på henne.

Hun ville ikke at han skulle gjøre det. Ikke nå, aldri noensinne.

Dette var bedre enn hun noen gang hadde drømt om at han kunne være. Noe som fikk henne til å lure på om han ville være enda bedre i senge n...

Harlow brøt kysset lenge før hun var klar for at han skulle slutte.

"Du skjelver. Jeg bor i stein, så jeg kjenner knapt kulden, men det må være nær frysepunktet her ute i kveld. Vi burde gå tilbake til atelieret ditt, eller til hjemmet ditt, hvor du kan varme deg i dette vinterværet."

Octavia berørte kinnet med en hånd. Fingrene var iskalde, og kinnet var ikke så mye varmere. Hun hadde vært så fokusert på hvor opphetet det var blitt mellom dem at hun knapt hadde lagt merke til kulden før nå.

Men nå gjorde hun det ... hun kunne ikke slutte å skjelve.

"Her, jeg skal følge deg til bilen." Han løftet henne opp, med kameravesker og det hele, og tok til værs. Et øyeblikk senere landet han ved siden av bilen. "Vil du være i stand til å kjøre? Jeg kan fly deg hvis du ikke kan."

Hun svelget. "Det er varme i bilen. Hvis vi setter oss inn og jeg slår på motoren, blir den fort varm, og så går det bra."

Hodet hennes virvlet fortsatt av eufori etter kysset hans, og Octavia la knapt merke til hvor de var på vei før hun stoppet utenfor kafeen i stedet for huset sitt. Kanskje dette var det beste. Det var ingen her, og de hadde resten av natten på seg...

"Vi må få deg inn, ut av kulden," sa Harlow og løftet henne opp i armene sine igjen.

Han bar henne opp og satte henne ned, men han slapp ikke taket.

"Går det bra med deg?" spurte han med bekymrede øyne.

Hun ristet på hodet. "Jeg vil at du skal fortsette å kysse meg."

"Er du sikker?"

"Ja, for faen, Harlow. Jeg vil at du skal kysse meg og ikke slutte." Denne gangen la hun armene rundt halsen hans og kysset ham.

Like perfekt som første gang...

I en salig døs tok hun av seg kåpen og skoene. Skjorten fulgte etter på gulvet.

"Octavia, din ... du ... du er perfekt." Han kuppet brystene hennes i ærbødig tilbedelse, mens hun kjempet for å bli kvitt bh-en.

Bukser, bukser... hans eller hennes? Hennes, definitivt. Jeans krevde tross alt litt mer arbeid enn joggebukser. Men hun klarte å komme seg ut av dem, mens hun fortsatt kysset ham.

"Dette er galskap, men jeg vil ta deg med til sengs. Jeg burde ikke ... som din beskytter må jeg ikke ..." begynte han mellom kyssene.

"Jeg vil også ha dette. Like mye som deg. Ta meg med til sengs, Harlow. Vær så snill." Herregud, trygler hun? Hun gjorde det, og det føltes riktig. Alt føltes riktig. Hendene hans under rumpa hennes da han løftet henne, bar henne til sengen og satte henne så forsiktig ned. Det mørke begjæret i øynene hans da han krøp opp på sengen for å knele mellom lårene hennes, før han senket hodet for å vende den onde munnen mot brystene hennes.

Hun krummet ryggen og stønnet mens han sugde på den ene brystvorten, så den andre, og strøk henne med begge hender. Var det mulig å komme av at han bare lekte med brystene hennes? Hun trodde ikke det, men herregud, det føltes godt. Så godt at hun ønsket at hendene hans skulle dykke lenger ned, inn i ... faen, hun hadde fortsatt på seg undertøyet. Det måtte vekk.

Hun vrikket seg ut av trusene og kastet dem på gulvet. "Vær så snill, Harlow", tryglet hun.

Han grep etter kinnet hennes og kysset henne igjen, langsomt og smekkert.

Hun likte kyssene hans godt nok, men hun ville ha mer. Mer enn bare kyss og kjærtegn. Hun ville ha...

En tykk finger gled inn mellom lårene hennes og strøk henne fra innsiden. "Jeg har aldri opplevd en kvinne så våt før", undret han seg.

"Fordi jeg vil ha deg!"

En finger til sluttet seg til den første, før tommelen hans presset mot klitoris. Octavia hadde ikke ord lenger - den eneste lyden som kom fra leppene hennes, var et usammenhengende stønn da han tilfredsstillet henne, langt grundigere enn noen maskin kunne ha gjort. Hun kom så hardt at hun så stjerner et øyeblikk, før Harlows glisende ansikt kom til syne.

"Jeg tror du må være den vakreste kvinnen jeg noen gang har sett. Jeg kunne tilfredsstille deg hele natten, og hele morgendagen også. Men det jeg virkelig ønsker, er å elske med deg, å ta deg som en mann tar sin kone. Men siden vi ikke er gift, vil jeg ikke ødelegge deg eller etterlate deg med barn. Jeg ville aldri tilgi meg selv hvis..."

"Kondomer. I skuffene der borte," pustet Octavia og pekte. "Det er et slags hylster som du setter over pikken din, slik at jenta ikke blir gravid. Folk har kjøpt dem til meg siden Tacey ble gravid med Rory. Bruk den du liker. Jeg sverger, jeg har sikkert en livstids forsyning av de greiene her inne."

Harlow åpnet først den ene skuffen, så skuffen under den. "Det er ingenting her inne," sa han.

Hun satte seg opp. Det var ikke mulig.

Bortsett fra... at det var det. Det var ikke et eneste kondom i noen av skuffene, eller i skapet heller. Rochelle og Ben hadde sikkert ikke... Hun hadde bare vært borte noen uker. Ingen kunne ha brukt så mange kondomer. Ingen.

Med mindre innbruddstyven som hadde ødelagt datamaskinen hennes hadde stjålet dem?

Hva slags gærning stjal nye kondomer, for helvete?

"Jeg kjøper litt i morgen tidlig, så i morgen. I morgen kan vi..."

Han avbrøt henne med et kyss. "Da skal jeg tilfredsstille deg hele natten. Jeg kan vente."

Selv da de gikk tilbake til sengen, virket fingrene hans sin magi, slik at klagen på tungespissen hennes om at hun ikke ville vente, gikk over i et stønn av ren nytelse, og hun overga seg fullstendig til ham kort tid etter.

Den eneste andre sammenhengende tanken hun hadde den natten, var at Harlow var så mye bedre i virkeligheten enn drømmene hennes noen gang kunne ha forestilt seg.

# Tjuetre

På nært hold var Ben yngre enn hun hadde trodd. Hun hadde sett ham på baksiden av kafeen, der han tegnet av kunder og la til flere kunstverk på veggene, men hun hadde vært mer fokusert på kundene enn på det han holdt på med. Hun visste at Tacey hadde en slags forretningsavtale med ham som gjorde at han hadde et fast reservert bord i hjørnet ved vinduet, og at hans tilstedeværelse pleide å hjelpe når mannlige kunder prøvde å lage bråk, men nå som hun så på ham, måtte hun lure på hvordan noen kunne bli skremt av denne blide gutten.

Hadde han vært bygd som Harlow, ville det vært en annen sak, men Ben så ut som om han kunne ha vært en av high school-elevene fra kunsthøyskolen lenger oppe i gata.

"Du kommer aldri hit for å se på kunsten min, og jeg vet at jeg ikke har bestilt noe i kveld, så hva skyldes gleden av din oppmerksomhet?" spurte Ben.

Han hørtes litt ut som Harlow, men det var ingen trussel i tonen hans. Bare et lett, åpent smil. En så ung mann kunne umulig være historieinteressert, eller i det hele tatt ha lyst til å delta i prosjektet hennes. Han visste sannsynligvis ikke engang når Swan River-kolonien ble grunnlagt.

Men hun var nødt til å spørre.

"Jeg lurte på om du tar oppdrag?" spurte hun.

"Selvsagt, men du er søsteren til Tacey og kafépersonalet. Jeg tegner deg gjerne mens jeg er her, akkurat som jeg har gjort med de andre jentene. Tacey pleier å henge dem opp på veggen bak disken, men hvis du vil ta med deg skissen hjem, er det greit." Han tok opp en blyant og en skisseblokk og begynte å tegne.

"Nei, nei, det var ikke meg jeg ville ha. Jeg prøver å gjenskape en bestemt periode i historien, og jeg har noen akvareller og malerier fra den tiden, men ikke så mye annet å jobbe med. Det jeg har, er noen muntlige beretninger, og jeg håper å finne noen som kan hjelpe meg med å gjøre beskrivelsene om til bilder som jeg kan bruke til å skape en virtuell verden, for å vise folk hvordan den tidlige Swan River-kolonien så ut." Hun holdt blikket festet på bordet, slik at hun skulle slippe å se avvisningen i ansiktet hans. Det ville være nok å høre det.

"Det høres fascinerende ut."

Det tok henne et øyeblikk før ordene hans hadde sunket inn i hjernen hennes, og enda et øyeblikk før hun klarte å tvinge blikket opp for å møte øynene hans. Han så virkelig nysgjerrig ut. "Vil du hjelpe meg?" stotret hun.

"Kanskje. Først vil jeg gjerne se hva slags stil du er ute etter, og ikke minst hvilket medium. Jeg foretrekker blyant og papir, men Rochelle overtalte meg til å kjøpe et nettbrett, så nå eksperimenterer jeg litt med digital kunst, men jeg er på ingen måte noen ekspert på det. Rochelle kan alle slags kunstprogrammer, og det er derfor jeg trodde du ville spørre henne, ikke meg." Han hevet øyenbrynene, som om han ventet på en forklaring.

"Jeg vil be Rochelle om hjelp også, men mer med markedsførings- og videosiden. Det er selve verden som... Det er nok lettere hvis jeg bare viser deg det. Kan du komme opp et øyeblikk?"

Ben nikket og fulgte etter henne. Han kikket seg rundt i studioet et øyeblikk, før han vendte oppmerksomheten mot henne igjen. "Dette er studioet ditt, der Rochelle bodde en stund."

"Ja."

"Da tror jeg at jeg skylder deg en unnskyldning, eller kanskje en slags betaling. Rochelle og jeg brukte kanskje en av kondomene dine en kveld. Vi kjøpte våre egne dagen etter, og resten av samlingen din var i sikkerhet, men Rochelle klarte ikke å finne en erstatning for den vi brukte. Jeg vil gjerne tilby deg penger for å betale for det, hvis du bare vil fortelle meg hvor mye."

Octavia fikk pusten i halsen. "Ett kondom. Brukte du ett kondom?"

"Ja, normalt ville jeg ikke brukt noens eiendom uten tillatelse, men du var ikke her, og det ble ganske opphetet, og det hastet ganske mye ..." Ben hostet. "Jeg trodde ikke du ville ha den tilbake etter det vi gjorde med den."

Nei, hun ville definitivt ikke ha noens brukte kondomer. Det var bare... ekkelt. Men hvis han bare hadde brukt én, måtte det være innbruddstyven. Hvem faen brøt seg inn på kafeer og stjal kondomer?

"Det er... fint. Det er det virkelig. Jeg håper du har hatt det gøy," klarte Octavia å si.

"Selvsagt." Ben gliste, plutselig en mann og ikke en gutt lenger. Det var noe nesten rovdyraktig i det smilet. Eller kanskje det bare var vel vitende. "Men jeg tror ikke du ønsker å diskutere mine seksuelle bedrifter. Du nevnte et prosjekt om tidlig kolonihistorie?"

Lettet vendte Octavia seg mot datamaskinen. "Vel, dette er hva jeg har for Fremantle ..." Hun hentet frem renderingen og panorerte rundt. "Jeg har begynt å sette sammen Old Mill i South Perth, og denne uken har jeg jobbet med Clarence, der kolonistene fra *Hooghly* og *Gilmore* først kom i land." Hun viste ham fotografiene hun hadde sydd sammen, med teltene hun hadde begynt å tegne inn, basert på George Baylys bilde av det han kalte Hooghly Town.

Han stirret sultent på den. "En av mine slektninger kom hit på *Hooghly*. Jeg lurer på om du har støtt på ham i din forskning. Navnet er Steel."

Hun fikk pusten i halsen. "Stål?" klarte hun å si.

"Ja. Stanley Steel, selv om han kalte seg Stan."

Hun pustet ut. Ikke Harlow, da. Men han hadde nevnt at han hadde en fetter som het Stan...

"Jeg tror jeg husker det navnet fra en av passasjerlistene", sa hun langsomt. Hun ville absolutt ikke fortelle ham at forfedrene hans kanskje fløy rundt på gargoylevinger akkurat nå. Han ville aldri tro henne.

"Ja, jeg så dem også. Problemet er at han forsvant like etter at han ankom, og ingen hørte noen gang fra ham igjen. Ingen dødsattest, ingenting. Det er som om han bare forsvant."

Hjertet hennes sank. Carline hadde sannsynligvis dekket over drapet på Harlow og familien hans. Hvis det ikke fantes noen arkiver som Ben kunne finne når han lette etter sine forfedre, ville det sannsynligvis heller ikke finnes noen for Harlow eller de andre. Hvis hun noen gang møtte Stanley Steel, ville hun fortelle ham at han hadde en etterkommer som bodde i byen, og som lette etter ham. Da ville ikke Ben tro at hun var gal, og Stan kunne ta kontakt hvis han ville. Mye bedre enn å slenge ut at ikke bare eksisterte det monstre, men at de kom inn på kafeen med jevne mellomrom.

"Vel, journalføringen var ikke den beste på den tiden. Det var mange skogbranner, og vi bodde i telt ... det er et under at vi har så mye informasjon som vi har", sier Octavia.

"Ja. Den første kolonien her var et røft sted," sa Ben, mens han fortsatt stirret på skjermen. Det hørtes ut som om han faktisk visste noe om Perths historie. Vel, det var verdt et forsøk.

"Jeg lurer på ... har du i din forskning støtt på en mann ved navn Sean Bell?" spurte hun.

Ben blunket. "Det tror jeg faktisk at jeg har. Ikke så mye av det historiske, men i en bok Callie ga meg. Jeg har en kopi på nettbrettet mitt, hvis du vil se den. Jeg la den igjen nede i vesken min."

De gikk ned trappen igjen, så Ben kunne finne Callies bok. Hvis Callie hadde vært hjemme i stedet for borte i et bryllup, hadde det kanskje vært lettere å spørre henne, men hvis Ben faktisk hadde funnet Sean Bell, når hun aldri hadde gjort det ...

"Her er det. Sean Bell, skrevet på siden med demonbesvergelsen."

Octavia satte det i halsen. "Hva slags trolldom?"

"En for å påkalle demoner, tydeligvis. Vent, jeg tror Callie sendte meg oversettelsen også. Jeg la ikke så mye merke til denne, for jeg var mer interessert i stiftelsesofringer og gargoyler, men jeg tror det er ... ah, jepp. Det er en demonbesvergelse. Mange detaljer om sirklene av runer du må tegne, rundt en haug med lys, og noe om agnet ... ja, den delen er spesielt grusom. Du kan bare påkalle en demon med et hjerte som fremdeles er fuktig av blodet fra dine slektninger." Han grøsset.

Octavia tvang frem et smil. "Det høres veldig ekkelt ut. Definitivt ikke noe du vil prøve hjemme."

"Vel, nei. Det står at du skal gjøre det på innviet jord. Demoner er farlige."

Hun lo nervøst. "Hvis du tror på dem, ja visst."

"Jeg tror ikke de trenger at vi tror på dem for å eksistere. Men så lenge du ikke påkaller dem, antar jeg at du ikke har noen problemer." Innbilte hun seg det, eller var Bens smil kunnskapsrikt igjen? Hadde han overhørt Tacey snakke om den jentekvelden der de hadde prøvd å påkalle demoner, men fått gargoyler i stedet? Kanskje han hadde det.

"Uansett... Sean Bell. Hva gjør navnet hans i en demonbesvergelse? Står det der?" spurte Octavia.

Ben trakk på skuldrene. "Det står ved siden av avsnittet om hvordan man kaster besvergelsen hvis man er ute etter en navngitt demon. Når du påkaller disse tingene, kan du visstnok bare gjøre det åpent, eller du kan nevne den ved navn. Det er som å ringe tilbake hvis du likte det første besøket og overlevde det. "

Betydde det at Sean Bell var en demon? Carlines ektemann, hennes mange ganger tippoldefar, var en jævla demon?

Det er ikke mulig. Det er bare ikke mulig.

Vent, hvis Sean Bell var en demon, betydde det at ikke bare hun nedstammet fra en demon, men det gjorde også Rory, Tacey, Alethia, Sibyl og Callie. Callie kom til å frike ut.

"Jeg kan ikke si at jeg kommer til å gjøre noe sånt med det første. Eller noensinne. Å drepe folk og skjære ut hjertene deres er virkelig ikke min greie." Ben tilbød henne et smil. "Men jeg kunne godt tenke meg å hjelpe deg med historieprosjektet ditt. Det høres gøy ut."

"Takk skal du ha. Jeg bør nok nevne at jeg ikke har fått betalt for det ennå. Det har stort sett bare vært et lidenskapsprosjekt så langt, men jeg håper å kunne offentliggjøre det når jeg er ferdig. Hvis det kommer noen royalties ut av det, kan jeg definitivt gi deg din rettferdige andel. Rochelle også, hvis hun er interessert. Full kreditt for utført arbeid, selvfølgelig. Jeg kan ikke engang si at det blir stor eksponering, for jeg er ikke sikker på hvor populært det blir. Men hvis du fortsatt er interessert..."

Ben bare lo. "Å, jeg trenger ikke pengene dine, Octavia. Jeg klarer meg helt fint økonomisk. Som jeg sa, prosjektet ditt høres morsomt ut. Alt jeg ber om, er at hvis du kommer over noe om min onkel Stanley Steel, så del det med meg."

"Onkel Stanley?" stotret hun. Det var ikke mulig. I likhet med Harlow hadde Stan bodd her for to hundre år siden. Ben kunne umulig være nevøen hans med mindre han var over hundre år gammel, når han knapt så ut som tjue. Han ble sikkert fortsatt spurt om legitimasjon overalt hvor han gikk.

"Det er bare det jeg har kalt ham. Han forsvant for nesten to hundre år siden, så han kan umulig være min egentlige onkel. Olde olde olde... og noen til... oldeonkel." Men han ville ikke møte blikket hennes. Som om han kanskje hadde sett noe i forskningen sin som ville høres sprøtt ut hvis han delte det med henne. "Men fyren du leter etter - Sean Bell. Det er Callies bok, selv om den opprinnelig tilhørte en som het Carline, så du bør nok spørre henne mer om den. Jeg har fortalt deg alt jeg vet."

Octavia tvilte på det, men hun kjente ham heller ikke godt nok til å si noe om det. Tacey stolte på ham, og det måtte være nok. Uansett hvilke hemmeligheter Ben skjulte, var det ikke hennes sak.

"Takk. Det skal jeg. Det skal jeg gjøre."

Jøss! Hun hadde fått enda en kunstner med på laget, og en historieinteressert til og med. Kanskje hennes virtuelle verden ville bli virkelig raskere enn hun hadde trodd.

# Tjuefire

Noe var galt, det var Harlow sikker på. Octavia hadde knapt snakket, og mens hun stirret på skjermen, fløy ikke fingrene hennes over tastaturet eller musen slik de pleide å gjøre.

"Hva trenger du min hjelp med i dag?" spurte Harlow.

Octavia sukket og så opp. "Jeg vet ikke om du kan hjelpe. Det er bare..." Et nytt sukk, dypere denne gangen.

Han rykket nærmere henne. "Vær så snill å tilgi mitt øyeblikkelige vanvidd forleden kveld. Mine handlinger var utilgivelige. Jeg forsikrer deg om at det ikke vil skje igjen. Jeg er din beskytter, og jeg vil beskytte deg, selv mot mine egne nedrige drifter."

"Basale drifter? Beskyttelse? Jeg var så distrahert i dag at jeg glemte å kjøpe kondomer. Jeg er lei for det. Virkelig lei for det, for enda en natt som i går kveld kan faktisk være nok til å glemme i dag. Eller jeg skulle ønske det kunne det."

Så hun angret ikke på at hun hadde vært intim med ham i går kveld? Det var en lettelse, for han hadde ikke klart å slutte å tenke på det. På henne. Og på de små lydene hun laget når han kjærtegnet kroppen hennes på riktig måte. Men det var fortsatt noe som var galt. "Har det skjedd noe fælt i dag?"

Hun begravde hodet i hendene. "Nei? Ja? Det har faktisk skjedd mest bra ting i dag. Kunstneren jeg ville samarbeide med om den virtuelle verdenen, har sagt ja til å hjelpe meg, og jeg tror jeg kanskje har funnet Sean Bell. Jeg har kanskje til og med løst mysteriet om hvorfor det ikke finnes noen spor etter ham før han dukket opp i kolonien og giftet seg med Carline. Jeg trodde kvinnene i familien min kastet store skygger, men hvis det jeg har oppdaget i dag er sant, vil hemmelighetene hans sannsynligvis overskygge oss alle. Og jeg vet ikke hva det vil bety for dette prosjektet, for det er neppe en vanlig familiehemmelighet."

Harlow tenkte seg om et øyeblikk. Hva var det verste han kunne forestille seg? "Var mannen en fange? Rømte han og skiftet navn?"

Octavia lo. "Å, det ville ikke være noe problem. Det er kult å ha en straffedømt i familien nå, så lenge de er døde for lenge siden. Nei, hvis Sean bare hadde vært kriminell, kunne jeg ha tatt med historien hans ved siden av Carlines og ikke tenkt noe mer på det. Nå ... jeg prøver fortsatt å forstå at Carline hadde en formularbok med formularer som faktisk virket. Som trylleformelen som tilkalte deg, og kanskje mer."

Hvis Harlow hadde hatt blod, ville det ha vært kaldt. "Vent, Carline, kvinnen du tror drepte meg. Carline, kvinnen du tror drepte meg, var en heks?" Han hadde faktisk hørt rykter om slike ting i Skotland, men Stan hadde alltid benektet dem, klar til å utfordre enhver som nevnte dem, og Harlow hadde avfeid dem som de skammelige løgnene Stan sa at de var. Men hvis de var sanne...

"Ja, hun var vel det."

Var det ikke familiehemmeligheten som gjorde henne så opprørt? "Hva kan være verre enn å finne ut at forfedrene dine var hekser og mordere?"

Octavia slapp ut en nervøs latter. "Når du sier det på den måten ... Jeg tror ikke jeg tenkte på den delen. Da vet vi vel hvem som utførte den vellykkede påkallelsen. Og hvorfor hun giftet seg med ham."

Harlow ble enda mer forvirret. "Mener du at det finnes flere hemmeligheter?"

"Den kvelden vi påkalte dere, brukte vi en trolldom fra en bok som tilhørte Carline. Vi skulle egentlig påkalle en demon, ikke fire gargoyler, som er en helt annen besvergelse, men vi jobbet bare med Callies oversettelse av den latinske originalen, og hun utelot ... fotnotene? Annotasjonene? Det som var skriblet i margen og mellom linjene, som ikke var en del av formelen. Det var der jeg fant Sean Bells navn i originalboken - ved siden av den delen av formelen der du kan skrive inn demonens navn, hvis du skal påkalle en bestemt demon." Octavia trakk pusten dypt. Hvis hun fortalte dette til noen andre enn en to hundre år gammel gargoyle som faktisk hadde møtt Carline, ville de tro at hun var gal. Hun trodde kanskje hun var gal som i det hele tatt tenkte det. "Jeg tror Sean Bell kan ha vært en demon. En demon Carline tilkalte fordi hun ville gifte seg med ham. Kanskje han døde, og den eneste måten de kunne gjenforenes på, var at hun brakte ham tilbake fra graven. Og hvis hun gjorde det med ham, og hun hadde en trolldom som kunne forvandle folk til gargoyler, kanskje hun ikke bare drepte deg og familien din. Kanskje... kanskje det var hun som forvandlet deg til det du er, og da vi brukte trolldommen hennes, eller magien hennes, vekket vi deg ved et uhell."

Var han forhekset? Harlow visste ikke mye om magi, men han visste at trolldom kunne brytes. Men for å bryte den, trengte han en heks og noen som kunne latin, slik at han kunne oversette trolldomsboken bedre. Det betydde at han trengte Grants hjelp, og heksen han var forpliktet til å beskytte.

Harlow bet tennene sammen. "Da må vi finne Callie og snakke med henne om dette."

Octavia nikket. "Hun er sørpå i et bryllup for øyeblikket, men hun kommer hjem om noen dager. Så snart jeg ser henne, skal jeg spørre henne om det."

Harlow ristet på hodet. "Vent til jeg er der sammen med deg, så kan jeg beskytte deg. Hun er en mektig heks, og hun har sin egen gargoyle-beskytter. Hun har tydeligvis hatt hemmeligheter for deg en stund nå, og hvem vet hva hun kan finne på hvis du konfronterer henne. Vær så snill, lov meg at du venter til det blir mørkt, så jeg kan stå ved din side."

Octavia fnøs. "Det er bare Callie. Hun kan riktignok bruke en imponerende rekke virkelig fæle forbannelser, men hun ville aldri brukt en av dem på familien sin. Hun ville heller skjære ut sitt eget hjerte enn å skade en i familien sin!"

Carline hadde vært familie, men bare en fjern fetter. Grant, Stan og Wystan hadde også vært familie, og de hadde alle fått ham drept. Denne heksen hadde holdt kreftene sine hemmelig for sin egen familie, jentene som bodde under samme tak. Octavia stolte kanskje på henne, men Harlow var ikke så sikker.

"Vær så snill, lov meg det", gjentok han.

"Greit! Jeg lover at jeg ikke skal spørre Callie om magi før du står ved siden av meg, helt hard og uten skjorte, for å distrahere henne. Fornøyd?"

Nei, men han kjente et lite snev av lettelse. "Glad for å tjene og beskytte deg, som alltid."

Hun sukket. "Takk skal du ha. Men jeg trenger egentlig din hjelp med noen av disse bygningene i Hooghly Town. Du sa at tavernaen bare var et telt? Jeg har forsøkt å matche det med detaljene i de arkeologiske rapportene, men jeg kan ikke finne bevis for noe så stort. Er du sikker på at det var her?"

Harlow trakk pusten dypt. "Selvsagt er jeg sikker. Kanskje arkeologene deres bare ikke har funnet det ennå. Men leter du etter et steingulv? Å nei, gulvet i tavernaen var av jord, og det var ikke engang et telt av lerret, snarere en hytte laget av grener og bark, som de innfødte. Eieren kom ikke over med de samme skipene som oss. Han og kona var tidligere straffedømte fra Sydney, og det var ikke vanskelig å se hvilke forbrytelser de hadde blitt dømt for. Han kjøpte tønner med sprit, vannet det ut og solgte det for ti ganger prisen til desperate mennesker fra *Gilmore* og *Hooghly*. Kona hans var svært vakker og mye yngre enn ham selv, og hun var en stor favoritt blant de enslige mennene, for det ble hvisket om at hennes tjenester var tilgjengelige for en pris, ettersom hun bare var hans rettmessige kone, og kanskje ikke engang hans kone i det hele tatt ..."

Octavia lo. "De eldste industriene i verden - drikking og sex. Godt å vite at de levde og blomstret, selv i den tidlige kolonien. Husker du navnet hennes? Kanskje jeg kan flette historien hennes inn i det oppslukende også ..."

# TJUEFEM

Det var midt på ettermiddagen da Callies bil kjørte inn i oppkjørselen. Octavia satt og spiste frokost på verandaen og nøt det våte vintersollyset, så hun løftet hånden for å vinke hei ... bare for å innse at Callie ikke var alene i bilen.

I passasjersetet satt en fremmed mann og kranglet med Callie.

Enda merkeligere var det at hun faktisk argumenterte tilbake, i stedet for å true med å forbanne ham, eller faktisk sette forbannelsen i verk.

"De fristet meg! Jeg kunne ikke avvise sirenenes kall!" insisterte mannen.

"De var kalde og pakket inn i plast. Vakuumforseglet. Det var ikke mulig å lukte på dem. Jeg skjønner at de varme paiene jeg kjøpte til lunsj luktet uimotståelig, for jeg kunne heller ikke vente med å spise dem, men storinnpakningen skulle være til lunsjpakkene mine for den neste uken!"

"Du sa at jeg kunne dele lunsj med deg. Jeg tok bare min del tidligere, for jeg var for sulten til å vente."

"Din andel var ikke et dusin paier, inkludert dem til neste uke! Innrøm det, Grant, du er en paietyv!"

"Jeg har aldri stjålet en pai i hele mitt liv! Du sa at jeg kunne få dem!"

Callie gikk ut av bilen og smalt igjen døren. Hun stormet opp trappen, men stoppet før hun nådde Octavia. "Det er Grant Steel. Ikke stol på ham med paier, verken varme eller kalde, for han kommer til å inhalere dem som en industristøvsuger."

Grant... Steel? Harlows bror? Det kan det ikke være. Han så menneskelig ut, og han gikk på dagtid, i solen, uten å bli til stein. Navnet var en tilfeldighet, det var alt. En etterkommer eller fjern slektning...

"Jeg kan ikke være industrirengjører når jeg ikke engang vet hva det er!" ropte Grant mens han fulgte etter Callie opp trappen, men stanset da han fikk øye på Octavia. Han bukket lavt, slik Harlow ville ha gjort. "Jeg ber om unnskyldning, frue. Jeg så deg ikke der, ellers ville jeg ikke ha brukt et slikt språk. Jeg er Grant Steel, ektemann til denne fortryllende harpyien som vil ha meg til å sulte. Litt av en kone du er, Calliope."

Octavia blunket. Hadde Callie giftet seg med en fremmed? Det var ikke mulig. Og Callie lot ingen kalle henne det.

"Callie?" begynte hun usikkert.

"Ignorer denne idioten. Det var en falsk forlovelse for familiens skyld, bare for bryllupet."

"Det var ikke det du sa i går kveld, kone."

Callie utstøter et oppgitt sukk. "Vi er ikke lovlig gift i henhold til australsk lov. Vi gjorde riktignok det vikingtradisjonene krevde, men vi må fortsatt gjøre det offisielt i en kirke eller på et registerkontor eller noe sånt. Og jeg planlegger ikke noe bryllup så lenge det fortsatt er restriksjoner på grunn av dette dumme viruset. Se hvor mye trøbbel Kara hadde med å planlegge sitt. Så hold et lokk på det med kona."

"Hvis vi ikke er lovlig gift, som du sier, kan du vel ikke ha noe imot at jeg frir til din vakre venninne her, som kunne bli en langt mer lydig hustru?"

Grant rakte ut hånden etter Octavias. "Vær så snill, søte frue, si meg hva du heter, så jeg kan vite hvordan jeg skal tiltale en slik engel."

Octavia visste ikke om hun skulle bli fascinert eller forferdet. Han var en forferdelig flørt. Men hun kunne ikke la være. Hun ga ham hånden og forventet et håndtrykk, men han kysset den i stedet.

"Mykere enn silke. Virkelig perfekt. Og hva heter du, søte seraf?"

"Dette er min kusine Octavia Bell. Hun var der den kvelden jeg tilkalte deg, og hvis du gjør henne sint, kan hun, akkurat som meg, oppheve tilkallingen like lett som jeg kan. Men ikke før jeg har banket deg." Callie smalt igjen døren og gikk inn.

Grant bukket igjen. "Tilgi henne for hennes grovhet, søte Octavia. Si meg, er du like hellig som din navnebror? Eller er du like fri med dine følelser som min omskiftelige hustru?"

"Slipp henne, Grant", kom det knurrende fra skyggene. Til Octavias overraskelse dukket Harlow opp fra veggen, i hjørnet der solen ikke trengte inn. I motsetning til Grant hadde Harlow vinger, horn og noen ondskapsfulle klør. Hennes trofaste, pålitelige steinskygge.

Grant rygget tilbake og slapp Octavias hånd mens han stirret forskrekket på Harlow. "Bror."

Octavia blunket. "Dette er den sleipe broren din, og han er gift med Callie?"

"Han må ha byttet bort sin hånd mot hemmeligheten bak forbannelsen, for han står i sollyset, fri til å bevege seg, mens jeg må forbli i skyggene. Hvordan gjorde hun det, bror? For hvis hun kan bryte forbannelsen over deg, kan hun kanskje redde oss alle."

Grant trakk på skuldrene. "Jeg har ingen anelse. I morges var jeg en gargoyle, akkurat som deg, og jeg gjemte meg under et teppe i baksetet på Callies bil. Så stoppet hun en liten stund og kom tilbake med noe som luktet så godt at jeg rett og slett ikke kunne dy meg. Jeg hadde aldri vært så sulten i hele mitt liv. Jeg spurte henne om jeg kunne få en bit, og én var ikke nok. Før jeg visste ordet av det, hadde jeg spist opp alle paiene hennes, og hun måtte tilbake til bakeriet for å hente flere. Mens jeg spiste meg gjennom den andre porsjonen, gled teppet av meg og eksponerte meg for sollyset, men jeg la knapt merke til det, så konsentrert var jeg om måltidet mitt. Det var først da jeg hadde gått tom for paier at jeg skjønte det, og Callie insisterte på at jeg skulle sette meg ved siden av henne så hun kunne holde øye med meg." Han fnøs. "Hvis jeg hadde visst at hun ville bli en slik harpy etter at vi giftet oss, hadde jeg kanskje ikke avlagt de løftene ..." Han sukket. "Men nå som hun er gift og i seng, er jeg æresforpliktet til å gjøre det offisielt i henhold til denne tidens lover. Akk at jeg ikke møtte den utsøkte Octavia først ..."

"Octavia er min å beskytte, ikke din", knurret Harlow.

"Damene i vår tid er herskerinner over sin egen skjebne i langt større grad enn de var i vår, bror. Jeg er sikker på at lady Octavia kan bestemme selv. Foretrekker du min sølvtunge og mine glatte manerer, eller min bror med sin grove, uskolede bondestil ved din side?" spurte Grant.

"Jeg foretrekker Harlows tunge fremfor din, når som helst," sa Octavia og flyttet seg inn i skyggene for å stå sammen med Harlow. Hun likte ikke denne mannen. At Callie i det hele tatt kunne finne på å gifte seg med ham, arkaiske ritualer til tross, ga ingen mening i det hele tatt.

Grant sperret opp øynene. "Har broren min endelig gjort en erobring? Det er et mirakel! Du må la meg undervise ham i hvordan man tilfredsstiller en dame, frue, før du slutter deg til ham i ektesengen. Kanskje jeg kan gi deg litt opplæring også ..." Han blunket.

Octavias blod kokte. "Han behager meg helt fint, din idiot. Jeg tror faktisk det er du som trenger litt veiledning og instruksjon. Hvis du er forlovet eller gift eller hva som helst med Callie, og du har noen følelse av selvbevarelse, holder du den i buksene. For hvis hun tar deg i å være utro ... vil det å forbanne pikken din bare være starten."

Grant tok et større skritt bakover. "Tilgi meg, lady Octavia. Vi skal være i familie, og jeg mente det med den største respekt for min kommende søster."

Harlow ga fra seg en vantro lyd i halsen.

Så ropte Callie fra innsiden: "Grant? Hvor er det hjertet? Jeg må få det i fryseren før det blir dårlig. Det lå lenge nok i solen der ute på den steinen. Hvis vi ikke holder det friskt, virker kanskje ikke trolldommen!"

"Kommer, kommer." Grant tok en liten kjøleboks og skyndte seg inn med den.

# Tjueseks

En annen bil stanset like etter solnedgang, og en kvinne som kunne ha vært Carline, steg ut. Stan dukket opp rett bak henne.

Harlow trakk seg tilbake i skyggene på verandaen, så Carline eller hvem hun nå var, ikke skulle se ham.

"Callie!" ropte kvinnen. "Callie, jeg vet at du er der inne, for bilen din er her. Jeg må fortelle deg noe!"

Heksen kom løpende ut av huset, med Grant i hælene. "Alethia? Hva er i veien? Hva gjør du her? Hva gjør du her? Er det forfølgeren din? Har du ombestemt deg, og nå vil du at jeg skal forbanne ham?"

"Nei, det er ikke noe sånt. Det handler om ... hvem er han?" spurte Alethia og pekte på Grant.

Grant strålte. "Jeg er Calliopes ektemann. Er du en annen av hennes vakre venner?"

"Ektemann?" hvisket Alethia og stirret på Callie.

Callie holdt opp hendene. "Jeg kan forklare."

Harlow måtte innrømme at han var interessert i å høre hvordan hun hadde overtalt Grant til å gifte seg.

Bare en annen bil kjørte inn på oppkjørselen, med den rødhårede, datteren og Wystan inni. Den rødhårede kvinnen kastet blikket fra den ene personen til den andre og vurderte situasjonen, før hun ropte: "Du blir her med Wystan, der er du trygg." Så klatret hun ut av bilen med armene foldet over brystet. "Hvem er disse mennene, og hva gjør de her?" spurte hun.

Datteren tumlet ut av bilen, etterfulgt av Wystan. "Det er i orden, mamma, de er alle gargoyle-monsterbeskyttere, akkurat som Wystan! De er her for å beskytte oss!"

Den rødhårede gikk løs på datteren. "Jeg sa du skulle bli i bilen."

"Og jeg fortalte henne at de alle er fetterne mine, gargoyle-beskyttere som meg, som ikke utgjør noen fare for deg eller familien din, som vi er forpliktet til å beskytte," brummet Wystan mens han la en hånd på den lille jentas skulder.

"Jeg bryr meg ikke om hva Wystan sa. Jeg sa..."

Octavia valgte det øyeblikket til å gå ut på verandaen. "Jøss, alle er hjemme", sa hun.

Pusten gikk ut av den rødhårede. "Gudskjelov. En av dere har i det minste litt vett. Du kjenner leiekontraktens betingelser. Vi skal ikke ha menn boende her, ellers blir vi kastet ut."

Octavia så seg rundt og betraktet gargoylene som sto rundt omkring på gårdsplassen. Hun møtte Harlows blikk et øyeblikk, før hun vendte seg mot den rødhårede. "Teknisk sett bor de ikke her, og de er heller ikke helt menn. De er definitivt menn, men de er ikke mennesker. Bortsett fra kanskje Grant ..." Hun vendte blikket mot Callie. "Det vil jeg gjerne snakke med deg om. Og ... et par andre ting også."

Callie løftet begge hendene i overgivelse. "Nå som vi alle er her, må jeg også snakke med dere. Og be om deres hjelp, så jeg kan få noen svar. Hva ville dere synes om å påkalle en demon igjen?"

"Hva?"

"Hva?"

"HVA?"

Den lille jenta sperret øynene opp. "Skal du tilkalle enda et monster? Å nei, nei, du må beskytte oss, herr Monster!" Hun kastet armene rundt knærne til Wystan og ville ikke slippe taket.

# Tjuesju

Flere timer senere, etter at Octavia hadde roet ned Rory og Tacey hadde lagt henne, stimlet alle de åtte voksne sammen i salongen, der TV-en fylte det meste av den ene veggen. Skjermen var mørk nå, for denne diskusjonen var for alvorlig til den slags underholdning.

"Så la meg få dette på det rene," sa Tacey. Hun pekte på Callie. "Du vil at vi skal prøve å påkalle en demon igjen, her på Bell House, fordi du tror du har funnet ut hva som gikk galt forrige gang, og du tror det vil gå bra denne gangen?"

Callie rynket pannen. "Ja, men det er mer enn det. Jeg vil påkalle en demon for å få svar på noen spørsmål."

"Det ville jeg også ha gjort," supplerte Octavia med et bestemt uttrykk i ansiktet.

Alethea nølte et øyeblikk, så la hun til: "Stan vil vite hva som skjedde med Carline."

Tacey viftet frustrert med hendene. "Er det ingen som synes dette er en gal og sannsynligvis veldig dårlig idé?"

"Vel, vi har fire gargoyle-beskyttere, pluss oss fire," begynte Callie. "Vi vet at Carline må ha påkalt en demon med hell i 1834, og hun levde i flere tiår etter det. Vi ville bare følge instruksjonene hennes. Med alle sikkerhetstiltakene burde vi være helt trygge."

Octavia var enig med Callie, men hun kunne ikke la være å si: "Det er stort sett trygt. Så lenge vi gjør det utendørs, langt nok unna huset. Vi vet fortsatt ikke hvorfor den opprinnelige møllen brant - det kan ha vært demonens verk."

Callie lagde en lyd som en spyttende katt. "Eller kanskje Carline bare veltet et stearinlys eller en lampe en kveld, og så begynte det å brenne. Du vet ikke om brannen hadde noe med demoner eller magi eller Carline å gjøre."

Tacey vinket til mennene i rommet. "Hva synes dere om dette? Sist gang vi prøvde denne trolldommen, vekket vi dere fire tilbake fra de døde. Hva om vi i stedet for en demon ender opp med flere menn som dere?"

Grant holdt hendene i været, og tonen hans var rolig og fornuftig, noe som automatisk fikk Octavia til å reagere. "Jeg stoler på at Callie klarer trolldommen riktig denne gangen. Hun har tross alt sin slektnings hjerte, som fremdeles er fylt med hans blod. Sjansen for at det finnes flere gargoyler som oss her, er svært liten. Dette er hjemmet ditt, ikke en kirkegård. Hvem vil bli begravet her?"

Octavia åpnet munnen for å nevne Hooghly Town-kirkegården, nær den sørlige utkanten av eiendommen, der den regionale parken begynte. Harlow hadde sagt at han hadde følt noe der den natten han forsvant, men han hadde ikke vært sikker på hva. Det kunne være flere gargoyler, eller alle mulige ting de ikke visste om.

Grant fortsatte: "Så når Callie tilkaller denne demonen..."

"Sean Bell. Han heter Sean Bell," utbrøt Octavia.

Grant la hodet på skrå. "Så når Callie tilkaller denne demonen, Sean Bell, vil han være under hennes kontroll, og hun kan stille alle spørsmålene dine. Vi vil alle være her for å hjelpe til hvis noe skulle gå galt, og fire gargoyler mot én demon er ikke gode odds for demonen, selv om han skulle klare å unnslippe Callies beskyttelse, noe jeg tviler på, for min kone er intet annet enn en utrolig mektig heks." Han sendte Callie et så betatt blikk at Octavia nesten lo.

"Kjærlighetssyk tosk", hvisket Harlow, halvt under pusten.

Octavia var tilbøyelig til å være enig, men hun ønsket dette like mye som Callie. Den eneste måten å få vite Sean Bells historie på var å spørre ham, og hvis han svarte en demonbesvergelse, hadde hun allerede det viktigste svaret av alle. Det ville selvfølgelig også bety at de alle nedstammet fra ekteskapet mellom en demon og en heks, men det våget hun ikke å nevne ennå. Ikke før hun var helt sikker.

"Vi skal beskytte dere. Ingenting skal skje med noen av dere. Det sverger jeg," sa Wystan.

Stan reiste seg. "Jeg vil også sverge på det."

Grant himlet med øynene. "Selvfølgelig gjør det ikke det. Dette er helt trygt!"

Harlow pustet ut. De var tilbake på mølla igjen, i ferd med å følge Grant i å gjøre det dummeste han kunne komme på. "Denne gangen, når noe går galt, vil jeg være her for å redde deg." Men øynene hans var ikke rettet mot Grant. I stedet stirret han på Octavia.

Octavia ble tørr i munnen. Hun forsto, og nikket.

Callie gned hendene mot hverandre. "Greit, la oss gjøre dette!"

# TJUEåTTE

Denne gangen virket det som om ritualet gikk mye raskere. Kanskje var det fordi Callie hadde markert runesirklene før, eller fordi det nesten ikke var noen vind nedover i svingen i oppkjørselen mellom Bell House og ruinene av Bell Cottage. Kanskje var det fordi de ikke trengte seg inn på en flere hundre år gammel kirkegård, men i stedet utførte ritualet på sin egen eiendom. Da Octavia hadde nevnt behovet for vigslet jord, hadde Callie funnet frem en stor flaske med vievann og velsignet stedet selv, og insistert på at hun var bedre til dette enn prester flest, i tillegg til at hun uttalte de latinske ordene riktig.

Octavia var ikke sikker, men det virket som om det ikke tok lang tid før hun holdt Wystan og Harlow i hånden, i en sirkel som inkluderte alle jentene i Klokkehuset, bortsett fra Rory, og alle de fire gargoylene. Hvis Grant fortsatt var en gargoyle - det var hun fortsatt ikke sikker på, og Callie hadde vært for opptatt med å forberede trolldommen til å gi henne svar.

Å, ja... Forhåpentligvis ville Sean Bell ha alle svarene hun trengte når han ankom sentrum av sirkelen.

På Callies nikk begynte messingen.

"Vi befaler deg, Sean Bell, demon, å gå inn i denne sirkelen. Du skal hjelpe til med å beskytte oss, adlyde våre befalinger og svare på våre spørsmål, så lenge du er under vår kommando eller innenfor denne sirkelen ..."

Akkurat som første gang kjente Octavia kraften stige opp fra sirkelen deres, og det kriblet i hendene hennes. Nesten som ved magi begynte hjertet i midten av saltsirkelen å gløde.

"Vi befaler deg, Sean Bell, demon, å gå inn i denne sirkelen..."

Vinden steg opp og pisket i håret og klærne deres, men den rørte ikke lysene i midten av sirkelen deres. Nå brummet kraften gjennom henne. Octavia kunne knapt tro det, men denne gangen var hun ikke i tvil. Formelen hadde virket før, og den ville virke nå også. Den virket allerede. Hun kunne føle det.

"Hva i djevelens navn er det du gjør? Slutt med det der med en gang!" brølte en ukjent mannsstemme.

Sangen ble svakere, men fortsatte så, høyere enn noensinne.

"Slutt med det, sa jeg! Vil du sette i gang vaktene? Hvis du åpner en portal til helvete på eiendommen, vekker du alt, og la meg si deg, demoner vil være det minste av problemene dine da!" truet stemmen.

Octavia så seg rundt. En mann bygget som en bryter kom stormende ned oppkjørselen, som om han kom fra Bell House. Et øyeblikk trodde hun at han hadde vinger som Harlow, men så blunket hun og innså at han bare var klumpete - muskler på muskler som fikk alle gargoyler til å se slanke ut i sammenligning.

Men de andre hadde ikke sluttet å synge. De hadde snarere blitt enda høyere, for å overdøve inntrengerens stemme.

"For siste gang, slutt med det der før jeg setter fyr på noe!" brølte mannen. Han dyttet seg mellom Octavia og Wystan, brøt hendene deres, og grep det glødende hjertet i midten av saltsirkelen. Han holdt det opp i en kjøttfull knyttneve og knuste det til en masse, før han kastet det inn i buskaset. "Hvem av dere fant på denne dumme planen?"

De så alle på hverandre. Ideen hadde vært Callies, for det hadde vært hennes magibok, men de skyldte ikke denne fremmede noe.

Callie trådte frem, med haken mot den fremmede mens øynene hennes blinket. "Hvem i helvete er du, og hva gjør du på vår eiendom? Du bør ha et godt svar til meg, ellers kommer jeg til å forbanne deg så mye at du skulle ønske vi hadde åpnet en portal og dyttet deg gjennom den."

Mannen fnøs. "Du har aldri sett helvete, Calliope, og ingen av dere ville overlevd en dag der."

Callies hender ble knyttet til knyttnever. "Siste sjanse, din drittsekk. Si hva du heter og hva du gjør her, før vi kaster deg ut fra eiendommen vår og ringer politiet."

Vinger poppet ut av ryggen på mannen, større enn Harlows, mens hornene vokste ut av hodet hans, og han fikk et tydelig rødlig skjær.

"Jeg er Sean Bell, og dette er min eiendom, og det har det vært siden den dagen guvernøren ga meg den," knurret demonen.

# Tjueni

De gikk fra å messe til å banne på et øyeblikk, og til og med Callie så blek ut da hun så demonen som sto utenfor alle de beskyttende sirklene hennes. Men ingen var villige til å flykte. Dessuten, hvor skulle de løpe hen? De var hjemme, og denne demonen, hvis han virkelig var Sean Bell, måtte kjenne dette stedet like godt som de gjorde. Han hadde eid det siden han giftet seg med Carline Steel.

Octavia fikk en vanvittig idé og et mot hun ikke visste at hun hadde. "Du kommer ikke til å skade oss, for vi er tipptipptippoldebarna dine. Du inviterte oss hit, til å bo i Bell House, for å beskytte oss. Carline tilkalte deg den natten møllen brant, ikke sant, og du giftet deg med henne."

Demonen blunket til henne. "Hvem av dem er du?"

"Octavia Bell", svarte hun, og la så til: "Sir". Det virket fornuftig å være i det minste litt respektfull. Han var tross alt hennes forfader.

Han nikket. "Den yngre søsteren. Jomfruen, ikke moren."

Octavia kjente at kinnene hennes ble varme. Hvis ikke den fordømte innbruddstyven hadde stjålet kondomene hennes, ville hun ha gjort det med Harlow, og da ville hun ikke lenger være jomfru.

"Var dette din idé, unge jomfru?" spurte Sean og vinket mot sirkelen.

"Jeg ville bare ha svar", sa Octavia.

Et fornøyd glis dukket opp i demonens ansikt. "Å, det er jo nydelig! Du ville tilkalle en demon bare for å snakke? Når du kunne ha bedt om hva som helst? Du er enda mer uskyldig enn min Carline var!" Han gned hendene mot hverandre. "Vel, siden du er den første av mine etterkommere som faktisk har oppdaget sannheten på egen hånd, ville det vel være fint å ha en ordentlig samtale uten å måtte skjule noe. Jeg antar at du ikke har noe å drikke i dette huset ditt? Avhold var en forferdelig ting da det var på moten ..."

Octavia var ikke sikker på hvordan det hadde skjedd. Det ene øyeblikket sto de utenfor og stirret på en demon, og det neste satt de i salongen med ciderflasker i hånden, sammen med en mann som ikke ville ha sett malplassert ut i offentligheten, ikke en vinge eller et horn å se. Det samme kunne imidlertid ikke sies om de tre gargoylene. Wystan, Harlow og Stan hadde alle hornene ute, og bustet hvis Sean så mye som så i deres retning.

Grant, derimot, så like menneskelig ut som Sean, med et dovent smil om munnen mens han holdt Callie på fanget. Enda merkeligere var det at Callie ble der.

"Så, hvilke er du? Carline lagde så mange gargoyler, for det meste når jeg var borte hjemmefra, så jeg har ikke hatt oversikt over alle."

"Grant, Harlow, Wystan og Stanley Steel", sa Grant og pekte på hver mann etter tur.

Sean sperret opp øynene. "Å, du var hennes første! Hun var aldri sikker på om trolldommen hadde vært vellykket, siden William aldri fortalte henne hvor han hadde begravd likene deres. Jeg antar at du ikke vil fortelle meg det? Carline hadde selvfølgelig sine mistanker ..."

"East Perth Cemeteries," sa Alethia lavmælt. "Men i utkanten av en av de nyere gravplassene, med bygninger oppå gravene. Nesten som om noen hadde ønsket å gi likene en anstendig begravelse, men ikke ville at de skulle bli funnet."

Sean nikket. "Ah, det høres ut som William. Han prøvde alltid å beskytte Carline, selv om han ikke hadde den ringeste anelse om hvordan han skulle gjøre det. Hvis han hadde begravd deg ved møllen slik hun ønsket, ville hun aldri ha vært i fare, og jeg ville ikke ha trengt å redde henne. Hun og jeg ville kanskje aldri ha... vel. Men jeg liker å tro at skjebnen førte oss sammen." Han snudde seg mot Octavia. "Så hvordan fant du dem, for å påkalle dem?"

Callie var den som svarte: "Jeg fant Carlines magibok, og vi dro til kirkegården for å påkalle en demon. Vi hadde bare et grisehjerte, og vi ble avbrutt da, akkurat som i kveld, så vi fullførte aldri formelen. Jeg tror det var en kombinasjon av besvergelsen som ba om demonens hjelp, og at det hastet da sikkerhetsvakten dukket opp, som vekket grunnofrene," sa Callie. "Dere, mener jeg."

Harlow lente seg fremover. "Hvordan brøt du forbannelsen over Grant? Forvandlet du ham fra gargoyle til menneske igjen?"

Callie kikket på Grant. "Jeg vil gjerne tro at det var han som fråtset i paiene mine, men jeg tror ikke det var det. I boken står det at man må smelte et hjerte av stein for å bryte forbannelsen. En venn fortalte meg at det ikke er så mye bokstavelig smelting som en metaforisk ting. Beskytteren må bli seg selv fullt og helt, og frivillig velge den veien skjebnen ville ha latt ham gå hvis han aldri hadde blitt forbannet."

Grant slo seg på låret. "Ser du? Jeg sa det jo! Det var all sexen. Skjebnen ville at jeg skulle forføre deg, og så gifte meg med deg, slik at du kunne mate meg med så mange paier som jeg orket. Vi gjorde alt det og mer til!"

Octavia hadde aldri sett Callie rødme før. Callie rødmet aldri.

"Jeg tror fortsatt at det å drepe onkelen min kan ha hatt noe med det å gjøre. Du hjalp meg jo med å skjære ut hjertet hans," mumlet Callie.

Vent ... hjertet Callie hadde lagt i sirkelen denne gangen, var det ikke et grisehjerte? Hadde hun drept noen for det?

"Callie..." begynte Tacey.

"Ikke bli opprørt. Han fortjente det, og det var en ulykke som var helt og holdent hans feil. Jeg skulle gjerne ha drept ham, og jeg kan si at jeg hjalp til, men hvis han ikke plutselig hadde blitt så glatt, ville han kanskje ikke ha dødd." Grant trakk på skuldrene. "Det var ikke noe stort tap."

Callie holdt opp hendene. "Jeg var ikke engang der. Onkelen min fisket på klippene, og liket hans ble skyllet opp en dag senere. Bølgene skyller folk av klippene der hele tiden. Det er advarselsskilt overalt, men de gjør det likevel. Det kan ha vært en ulykke."

Men ingen trodde på det.

Ikke engang Sean, som humret. "Du er definitivt Carlines etterkommer. Foran alle nektet hun for at hun noen gang hadde møtt en mann hun hadde drept, men etterpå ... det hendte at hun angret litt. Jeg minnet henne på at de hadde utløst hennes vern ved å komme inn på eiendommen med den hensikt å skade henne, og at de fortjente sin skjebne. Til slutt glemte hun dem. Alle unntatt dere fire. Kanskje fordi dere var familie."

Til Octavias overraskelse så Sean på mennene, og ikke på noen av jentene. "Hva mener du med at de var familie?" spurte hun.

"William Steel og Carline nedstammet fra baronens eldste sønn fra hans første ekteskap, han som arvet alt. Resten av oss var fra yngre sønner, fra hans andre ekteskap. Vi bar alle samme navn, men de var adelige, og resten av oss var vanlige folk, så langt under dem at William en gang truet med å drepe meg fordi jeg våget å se på søsteren hans," sa Stan. "Jeg hadde aldri trodd at det var hun som skulle drepe meg i stedet."

Sean så trist ut. "Hun angret helt til det siste. Hun ville at jeg skulle fortsette å lete etter likene deres, selv om William hadde tatt den hemmeligheten med seg i graven, mange år tidligere. Hun ba meg også om å ta vare på tingene deres. Til å begynne med var det en velsignelse å dra ned til Murray River alene, se til gården og hytta og tilbakestille vaktene, før jeg dro tilbake til Bell Cottage for å ta meg av resten av familien vår. Nå er det mer som et ork å fly over den nye bebyggelsen der ute, der jordene deres er de eneste gårdene som er igjen."

Alle fire gargoyler lente seg frem som én. "Har vi fortsatt landbevilgningene våre?" utbrøt Harlow.

"Jeg har hatt dem i min varetekt siden Carline først fikk vite om dem. William ville ha dem, skjønner du, og hun ville ikke la ham få dem. De var dine, og jeg skulle gi dem tilbake til deg hvis du noen gang stod opp igjen. Du var hennes første grunnoffer, så hun var aldri sikker på om hun hadde gjort formelen riktig, men hun sa at det var for sikkerhets skyld. Jeg kan få advokaten min til å utarbeide overdragelsesdokumentene - på min bekostning, selvsagt - slik at du får jordene dine tilbake. Jeg må advare deg om at det er noen eiendomsutviklere der nede som ville solgt sjelen sin for eiendommen din. Det siste budet var på over tjue millioner dollar ... og det var bare for ett kvartal, vel å merke. De var ikke mine å selge, så jeg kunne ikke ta imot noen av tilbudene, men de er dine og du kan gjøre hva du vil med dem. Selv om du ønsker å gå tilbake til å dyrke dem - valget er ditt."

"Hva med hytta? Er den der fortsatt?" spurte Harlow.

Sean nikket. "Akkurat slik du forlot den. Avdelingene der er de sterkeste, for de er til mer enn bare beskyttelse. Det er en kraftig trolldom som holder folk borte fra hytta, og den er selvfølgelig drevet av demonblod. Jeg pleide å sove der en natt etter å ha fornyet dem for å komme meg. Men ingen andre har vært der inne siden du dro, det lover jeg deg."

"Bygget før Round House i Fremantle sto ferdig. Gjør det hytta mi til den eldste bygningen som fortsatt står i Vest-Australia?" spurte Harlow.

Octavias hjerte stanset. "Hva?" pustet hun.

Harlow smilte. "Jeg kan ikke vise deg teltet vi bodde i i Hooghly Town, men jeg kan vise deg steinhytta vi bygde senere det året, nede ved Murray River. Det kan være lurt å ta med kameraet, for jeg tror dette kan være til hjelp i den virtuelle verdenen din."

"Når kan vi dra?" spurte Octavia. "Nå?"

Sean kremtet. "Ikke nøl for min skyld. Det stedet har ventet lenge på å bli bebodd av mennesker. Jeg tar kontakt etter behov, mens vi ordner papirarbeidet. Hvis dere damer har slått dere sammen med disse mennene, kommer jeg selvsagt ikke til å fornye leiekontrakten deres når den utløper. Carline var fast bestemt på at dette huset skulle være et hjem for jenter som trengte et sted å bo, hvor de kunne være fri fra mennene som ville kontrollere livene deres. Det virker som om dere alle er herskerinner over deres egen skjebne nå, og siden alle disse guttene er millionærer, eller vil bli det når papirarbeidet er ordnet, vil dere bli godt forsørget, på en eller annen måte. Neste år vil Bell House være hjem for nye jenter som trenger en ny start."

"Vent!" sa Stan og holdt opp hånden. "Før du går ... må jeg vite én ting. Er Carline i helvete for det hun gjorde?"

Sean vendte de mørke øynene mot gargoylen, som om han leste sjelen hans. Selv om han så menneskelig ut, var han i dette øyeblikket i høyeste grad en demon. "Det var du som ville stjele henne, ikke sant?"

Stan nikket. "Det er en fin skotsk tradisjon som går flere hundre år tilbake ..."

"Å, det finnes alle slags tradisjoner som går årtusener tilbake i tid, langt dummere enn den der. Jeg kunne fortelle deg historier ..." Sean begynte, men ble så alvorlig igjen. "Er du dum nok til å tro at en kvinne fortjener evig fortapelse fordi hun forsvarer seg mot en fremmed som prøver å kidnappe henne? Hun visste ikke engang hva du het før hun drepte deg, gutt. Jeg ville ha gjort det for henne, og med glede. Carline fortjener lykke, selv om hun fryktet helvete like mye som enhver normal gudfryktig kvinne. Det var drapet på dere som fikk henne til å tro at hun kunne havne der, og derfor viste hun meg hvordan man ofrer. Hun ville heller være en gargoyle som deg enn en demon som meg, og jeg har alltid vært lydig mot hennes ønsker. Jeg er tross alt demonen hennes."

Octavia mistet munn og mæle. "Mener du at Carline fortsatt er i live?"

Sean blunket. "Hun er en smart jente. Jeg mistenker at du har det fra meg, eller kanskje fra faren min."

Hadde demoner fedre?

Han må ha lest spørsmålet i øynene hans, for Sean bare trakk på skuldrene og sa: "Lucifer. Ikke at han noen gang har vært mye sammen med meg. Han husker meg sikkert ikke engang. Men det spiller ingen rolle, jeg har livet mitt her, og nå som jeg ikke lenger har en hytte å holde, får jeg tid til å finne noen nye leietakere til når du flytter ut. Skulle du ikke gå, jenta mi?"

Octavia hadde hundre spørsmål til, men hun var for forfjamset til å bestemme seg for hva hun skulle spørre om, så hun lot Harlow dra henne ut av rommet, til bilen som ventet.

"Kamerautstyret ditt ligger fortsatt i bagasjerommet. Vi kan kjøre det meste av veien, så flyr jeg deg inn fra elven", sa Harlow.

Den eldste bygningen i Vest-Australia. En hytte bygget av Harlow og familien hans, før noe annet hun noensinne hadde sett. Den sto nøyaktig slik den ble bygget i 1834...

Hvem brydde seg om demoner når hun hadde en historie å oppdage?

"La oss gå," sa Octavia.

# Tretti

"Det er perfekt," pustet Octavia da hun gikk ut av hytta. "Den er virkelig akkurat slik du forlot den. Klær, verktøy ..."

"Bortsett fra de svarte steinene rundt eiendomsgrensen. De var hvite i min tid", sier Harlow.

"Han sa noe om demonblodskjermer ..." Octavia minnet ham på det.

"Ja, men blod er rødt, blekner til rust eller brunt. Ikke svart..."

"Kanskje demonblod er svart. Eller han blandet det med noe. Jeg har ikke peiling på magi. Av de to jeg har prøvd å hjelpe Callie med å kaste, har ingen av dem fungert, så din gjetning er nok like god som min. Ikke at jeg bryr meg om magi. Jeg er forelsket i denne hytta. Jeg vil komme tilbake hit om dagen og fotografere alt. Og jeg vil ta bilder av deg i de gamle klærne dine også. Å, det ville være perfekt ..." Octavias tunge klarte ikke å holde tritt med tankene hennes, så fort kom de. Harlows hytte - for han hadde fortalt henne at de hadde bygget den på hans eiendom, i den hensikt å bygge hus til de andre når de kom tilbake, noe de aldri gjorde - var som en drøm som gikk i oppfyllelse.

"Vi kan komme og bo her, hvis du vil. Jeg og gården min ... vi er bare dine, hvis du vil ha oss."

I mørket kunne hun ikke se ansiktsuttrykket hans, men hun visste at blikket hans var rettet mot henne.

"Var det ... fridde du nettopp, Mr. Steel?"

Han dukket hodet. "Ja, jeg gjorde vel det. Jeg kan ikke tenke meg å tilbringe resten av livet med noen andre, og i det øyeblikket jeg er alene med deg, begynner jeg å tenke på ting som bare gifte mennesker skal gjøre, så jeg tenkte ..."

"Den eldste bygningen i staten som fortsatt står på en tomt verdt tjue millioner dollar, og et helt liv sammen med den eneste mannen jeg vil gjøre ting som bare gifte mennesker skal gjøre? Hvilken jente kan si nei til et slikt tilbud?"

Hun kunne ikke si nei. Ikke til Harlow, selv om hun ikke hadde kjent ham lenge.

"Du aksepterer det heller ikke", sa han.

Octavia lukket øynene. "Spør meg igjen når jeg er ferdig med den oppslukende opplevelsen. Hele poenget med å lage den er å få meg til å føle meg modig, mer som de andre kvinnene i familien min i stedet for bare en skygge som aldri har gjort noe på egen hånd. Aldri oppnådd noe. Når jeg har gjort det, når det blir offentliggjort slik at folk kan få vite Carlines historie og din ... ja, så mye som vi er villige til å fortelle folk ... da tror jeg at jeg kanskje er modig nok til å ta det neste skrittet."

Harlow bøyde hodet. "Da er det bra at jeg ikke elsket med deg forleden kveld, for da kunne du ha følt deg tvunget inn i et ekteskap før du er klar. Det blir vanskelig å vente, men jeg vet at det vil være verdt det. Desto større grunn til å hjelpe deg med å fullføre prosjektet ditt, for jo før det er ferdig, jo før er du kanskje klar til å vurdere å gjøre ... andre ting."

Octavia kunne ikke noe for det. Hun lo. "Å, jeg er kanskje ikke klar til å gifte meg med deg, men jeg er definitivt klar for sex. Faktisk ... alle er på Bell

House i kveld. Det kommer ikke til å være noen i kafeen, og jeg har en seng ..."

"Er du sikker?"

"Positiv."

# Trettién

I studioet fant de en stor eske med kondomer på sengen sammen med en lapp fra Rochelle og Ben. "Ha det gøy", var alt som sto der.

Harlow hadde gjort Octavia våt, naken og tigget om mer før hun rakk å tenke, og så rakk hun ikke å tenke, for han var der mellom lårene hennes, varm og hard og iført et kondom som så ut som om det hadde riller langs hele lengden. Veldig likt vibratoren i den nederste skuffen hennes. For ikke å snakke om en ekstra utbuling nær bunnen som så ut som...

Det vitende blikket i øynene hans fortalte henne alt. Han hadde fulgt med på hvert øyeblikk den natten, da hun trodde hun hadde vært alene. Hvis han bare hadde vært med henne i sengen da...

Kuken hans var varmere og hardere enn noen maskin. Større også, men det var hun ikke redd for nå. Dette var Harlow, og hun ville ha alt han kunne gi henne.

"Er du sikker?" spurte han igjen, mens han strøk henne over klitoris.

Hun kom til å komme igjen hvis han fortsatte slik. Og det ville hun ikke før han var begravd dypt inne i henne, helt inn.

"Ja. Vær så snill!" tryglet hun.

Med et langt, langsomt støt som så ut til å vare i en evighet, trengte han seg inn i henne.

Octavia holdt pusten og stønnet da hver rygg støtet sammen inne i henne og strakte henne utover noe hun noen gang hadde følt før. Så full, og likevel fortsatte han å komme, helt til hun kjente den ekstra bulen støte mot klitoris.

"Går det bra med deg?" spurte han og flyttet litt på seg slik at bulen gned seg mot klitoris akkurat passe.

"Jeg er... Jeg er..." Så detonerte hun, så alt hun kunne se var stjerner.

Et sted langt borte hørte hun Harlow si: "Herregud, Octavia, det føles ... som himmelen. Jeg vil være begravd så dypt i deg for alltid."

Og så begynte han å bevege seg, disse åsene gned alle de riktige stedene slik at hun knapt kunne tenke. Hun kunne høre stemmen sin messe ja, ja, ja, ja, innimellom tiggingen om mer, helt til han ga henne det. Han dundret inn i henne hardere enn bølgene på bølgebryteren, mens orgasmene fløy tett og raskt. Hun hadde knapt nok pust til å skrike mellom den ene og den neste, men hun brydde seg ikke, for Harlow var alt hun noen gang hadde ønsket seg, og hun ønsket bare at denne natten aldri skulle ta slutt.

# Trettito

Ettermiddagslyset strømmet inn gjennom Octavias vindu og vekket Harlow fra søvnen. Han våknet alltid før henne, men han trengte bare å føre en finger mellom lårene hennes, så var hun våken og klar for ham. I går kveld hadde hun endelig gått med på å gifte seg med ham, og han var fortsatt fylt av glede ved tanken.

Glede og mer enn litt galskap, for han stakk hånden inn i solen. Han forventet å se den bli til stein, men denne gangen forandret den seg ikke. På en eller annen måte hadde han brutt forbannelsen. Akkurat som Grant.

Han elsket rolig med Octavia før de begge reiste seg og kledde på seg. I kveld var alle de andre i huset hennes hjemme, og hun hadde lovet å vise dem arbeidet sitt. Den første fasen av den virtuelle verdenen hennes var ferdig, og fra og med neste uke ville den bli sluppet fri for offentligheten.

Grant satt allerede i salongen, med Callie på fanget.

Rory lå på teppet, med tegninger og blyanter spredt utover halve gulvet. Tacey var på kjøkkenet og forberedte snacks til presentasjonen, eller det var i hvert fall det hun hadde sagt. Alethia og Stan hadde tatt en av sofaene, så Harlow satte seg i den andre enden.

Noen banket på døren, og Octavia gikk for å åpne. Rochelle og Ben - festen deres var komplett.

Wystan og Tacey kom ut fra kjøkkenet med store brett med mat som fylte hele salongbordet.

Harlow pustet inn. Han hadde lyst til å spise alt, og av Grants ansiktsuttrykk å dømme følte han det samme.

Først måtte han være høflig og se hva Octavia ville vise dem. Hun hadde jobbet så hardt for det, det var bare rettferdig.

"Nå er vi her alle sammen ..." Octavia trykket på en knapp, og skjermen ble fylt med *Shadows of the*

*Swan*, navnet hun hadde gitt verdenen sin. "Dette er Fremantle, slik de første nybyggerne fant det ..."

Fremantle og Hooghly Town og The Mill. Hun ville bare utgi spillet med de tre stedene til å begynne med, og legge til Murray River-gården hans som en utvidelse etter utgivelsen, hadde hun sagt. Hun hadde bestemt seg for å gjøre det til et slags spill, der man kunne velge hvilken nybyggervei man ville følge, og så måtte man overleve i den tidlige kolonien - ingen lett oppgave, visste han.

Bildene på skjermen fikk tårene til å trille, så naturtro var de. Det var Octavia og Bens verk, visste han, og de hadde brukt beskrivelsene hans og en mystisk skissebok full av bilder fra 1850-tallets Fremantle som hadde dukket opp en dag, til å gjøre den verden han husket, til virkelighet igjen.

Da Octavia var ferdig, klappet de alle sammen. Nå var det hun som hadde tårer i øynene.

"Så mange har meldt seg på for å bli varslet allerede før den går live på Kickstarter. Hundrevis av dem! Jeg kan ikke tro det", sier Octavia.

Rochelle kastet et blikk på Ben. De hadde hjulpet til med kampanjen i sosiale medier, hva nå enn det betydde. Alt Harlow forsto var at mange likte Bens kunst, og da han hadde fortalt dem at han hadde vært med på å lage spillet, hadde alle meldt seg på over natten.

"Det får meg til å ønske at vi faktisk hadde fått bo der, i stedet for å selge jorda", sier Grant. Han, Wystan og Stan hadde inngått avtaler med utbyggere om å bygge hus på gårdene sine. Harlow hadde solgt litt av jorden sin, men han hadde beholdt halvparten med hytta, etter Octavias insistering. Hun hadde fått ham til å love at de kunne tilbringe bryllupsreisen i hytta, og selv om han ikke var en gargoyle lenger, kunne han likevel ikke si nei.

Ikke at han ville det. Å ta henne med hjem til hytta virket ... passende, på en måte. Han kunne ikke endre fortiden, men han likte fremtiden de var i ferd med å forme sammen.

En fremtid de aldri ville ha hatt hvis ikke Grant hadde bestemt seg for å angripe møllen den skjebnesvangre natten i 1834.

"Hvis vi aldri hadde plyndret fabrikken, ville vi ikke ha vært her nå, sammen med disse fantastiske kvinnene", sier Harlow. "Vi ville ha levd og dødd på de gårdene, og aldri fått vite hva som kunne ha skjedd."

Grant så underlig på ham. "Det høres nesten ut som om du tror at en av de sprø planene mine faktisk var en god ting."

"Kanskje det var det. Selv om jeg ikke kunne se det der og da, for det var dumt å plyndre møllen, så ble det bra til slutt," sa Harlow. "Dessuten trenger jeg en mann til å være vitne i bryllupet vårt, og jeg tror det tradisjonelt sett er en rolle for en manns bror."

Grant sperret opp øynene. "Skal du gifte deg? Jeg kan ikke tro det! Hørte du det, Callie? Det kommer til å bli et bryllup! Vil du gjøre vårt offisielt, og gjøre det dobbelt?"

Lyden av en telefon som ringte overdøvet Callies svar.

Tacey rynket pannen. "Det ser ut som et internasjonalt nummer."

"Det er sikkert en svindler som prøver å få tak i bankopplysningene dine. Bare ignorer det", råder Octavia.

Men Tacey hadde allerede trykket på den grønne knappen. "Hallo?"

"Tacey? Er det deg? Det er Sibyl!"

Alle jentene utbrøt da de hørte stemmen hennes.

"Hvem er det der?" spurte Sibyl.

Tacey gliste. "Jeg har deg på høyttaler, for jeg er hjemme med Rory, Octavia, Alethia, Callie og Rochelle." Hun nevnte ikke mennene.

"Å, perfekt! Så jeg kan fortelle dere alle at jeg har møtt en ekte viking her oppe, så jeg blir her en sesong til, så vi kan jobbe med utgravningen sammen. Vi har allerede funnet så mye, men vi håper på en ismumie, som Otzi. Grensene er fortsatt stengt, så det er nok det beste stedet for meg til det er trygt å komme hjem. Vi er ganske isolerte, så vi har gått glipp av det verste av pandemien i de store byene så langt. Selv nå som jeg er i sivilisasjonen, er det en bitteliten by, og halvparten av den er opptatt av forskningslaboratoriene våre. Kan du fatte at det fortsatt er snø på bakken om sommeren?"

"Det var sånn i Skottland iblant", sa noen, og Harlow kjente at han nikket.

"Hvem var det? Hvem andre er der? Har en av dere endelig fått en kjæreste?" forlangte Sibyl.

"Octavia er forlovet, og hun og Callie vurderer et dobbeltbryllup når det blir varmere i været og restriksjonene lettes," sier Tacey.

"Hva? Å, jeg vil være der. Skal Callie og Octavia gifte seg? Og jeg som trodde du eller Alethia ville være først..."

Alethia lente seg fremover. "Hva med deg, da? Sa du at du hadde møtt noen i Arktis? Er han sexy?"

Tacey rettet et halvhjertet spark mot Alethia.

"Sa jeg ikke det? Å, du må møte Tor. Han er en ekte, levende viking, akkurat som de laget dem for tusen år siden. Jeg ville foretrukket ham framfor en Hemsworth når som helst, for han er ekte vare. Sa du at Callie er der?"

"Jeg er her!" ropte Callie, strakte seg etter en muffins og viftet med den som et flagg, selv om Sibyl ikke kunne se henne.

"Hei, i all din forskning på eldgamle trylleformularer og sånt, har du noen gang støtt på noe om fundamentofringer eller gargoyler?" spurte Sibyl.

Det ble stille i hele rommet.

Selv Callie virket ikke sikker på hva hun skulle svare på det.

"Å, vent, jeg har akkurat fått en nødmelding ... vi skulle egentlig dra om en uke, med neste eselforsyning, men de har funnet noe i isbreen som må fraktes med helikopter til laboratoriet med en gang, og det betyr at jeg må komme meg ut til helikopterlandingsplassen hvis jeg vil ha skyss. Det kan være et lik begravd i isen - en ekte levende viking!" Hun avsluttet samtalen uten å si farvel.

Callie så bekymret ut. "Sa hun virkelig gargoyler og stiftelsesofringer?"

"Og en ekte, levende viking, begravd i isen?" spurte Octavia. "Burde hun ikke mene en død en, hvis han har ligget der i tusen år?"

Ben gliste. "Høres ut som om hun har funnet en annen av oss!"

"Sikkert ikke ..." Men selv da ordene forlot Alethias lepper, var det ingen som trodde på dem.

## VIL DU LESE MER?

Neste bok i serien er

Thor

som du finner HER: www.demelzacarlton.co
m/beskyttende-gargoyle-romanse/

# Om Forfatteren

Demelza Carlton har alltid elsket havet, men på sin første snorkletur oppdaget hun at hun var redd for fisk.

Siden har hun svømt med sjøløver, haier og sjøpølser og stått på spraydryppende klipper over et frådende hav mens en syv meter høy syklondønning brøt inn og knuste et skipsvrak nedenfor.

Demelza bor nå i Perth i Vest-Australia, verdens hovedstad for haiangrep.

Serien Ocean's Gift var hennes første skjønnlitterære utgivelse, etterfulgt av spenningsthrilleren Nightmares-trilogien. Hun sverger på at Mel Goes to Hell-serien overfalt henne på et overfylt tog og ikke ville la henne være i fred.

Vil du vite mer? Du kan følge Demelza på Facebook, YouTube eller på nettstedet hennes, Demelza Carlton's Place at:

www.demelzacarlton.com

www.ingramcontent.com/pod-product-compliance
Lightning Source LLC
La Vergne TN
LVHW010050061026
849532LV00003BA/734
* 9 7 9 8 2 3 2 5 4 2 1 7 7 *